徳間文庫

十津川警部
四国お遍路殺人ゲーム

西村京太郎

目次

第一章　同行二人

1

三月三十日の早朝、東京・深大寺《じんだいじ》の山門近くにある太郎茶屋では、店の主人が起き出して、いつものように箒《ほうき》を持ち、店の前の参道を掃き清めるために戸を開けた。

その途端、彼の目に、飛び込んできたのは、参道に放り出されている、白い人形のようなものだった。

慌《あわ》てて目を凝らしてみて、それが白衣を着た女性だと、気がついた。

その女性は、足は脚絆《きゃはん》姿《すがた》で、菅笠《すげがさ》をかぶり、菅笠には「同行二人《どうぎょうににん》」と書かれていた。近くには、金剛杖《こんごうづえ》が転がっている。

店の主人は、四国に行ったことがあったので、それが、お遍路《へんろ》姿だと、すぐ分かった。

（行き倒れか）

と、思いながら、近づいて、声をかけたが、返事がない。体を揺すってみたが、同じだった。

それでもまだ、店主の頭には、行き倒れという文字があったから、店内に引き返すと、すぐ、一一九番した。

二十分ほどして、救急車が駆けつけた。

救急隊員二人が降りてきて、倒れているお遍路姿の女性の、脈を取った。

その後で、太郎茶屋の店主に向かって、

「死んでいますよ」

と、いい、続けて、

「これは、一一〇番したほうが、いいかも知れないな」

と救急隊員の一人が、同僚に向かっていった。

今度は、パトカーがやって来て、警官が降りてきた。

その警官に、向かって、救急隊員が、

「もう脈は、ありませんね。それに、ノドのところに、絞められたような痕《あと》が、ありますから、ひょっとすると、殺しかも知れませんよ」

と、いった。

その頃になると、参道の周辺に二十二店あるそば屋も店を開け、騒ぎが、だんだん大きくなって、人々が、集まってきた。

騒然とした空気の中で、警官は、指令センターに、殺人の可能性があり、捜査が必要と報告した。

2

警視庁捜査一課の十津川《とつがわ》は、参道に横たわっている女性の死体に、じっと目をやっていた。

年齢は、三十歳前後だろうか？

亀井《かめい》が、横から覗《のぞ》き込《こ》んで、

「これは、お遍路の完全正装ですね。白衣に金剛杖、菅笠、輪袈裟《わげさ》も首からかけていますよ。それに、鈴も持っています。袋の中には、おそらく、納め札とか、お参りした時に寺から御朱印をいただく墨書納経帳とかも入っているんじゃありませんか？

普通、お遍路というのは、足のほうは、歩きやすいように、スニーカーでもいいわけですが、この女性は、手甲《てっこう》、脚絆、わらじですよ」

「それで、カメさんは、完全正装といっているわけか？」

亀井は、しゃがみ込むと、死体が背負っていた袋の中を調べてみた。

「やはり、さっきいったものが入っていますよ。それに、お線香にロウソク、健康保険証、小さく畳める雨具、用心のために、肌着も入っています。巡礼に必要なものが、一式全部、揃《そろ》っていますよ。これなら、すぐにでも、四国に行って、八十八カ所巡りをすることができるんじゃありませんかね」

「そんな完全正装のお遍路さんが、どうして、四国ではなくて、この東京の、深大寺の参道に倒れていたんだろう？　まさか、わざわざ、お遍路姿で、深大寺に、お参りに来たのではないだろうが」

十津川が、首をひねって、改めて死体を見た。もちろん、もう死者は、何も答えてはくれない。

「健康保険証によると、名前は、井上《いのうえ》美奈子《みなこ》、年齢三十歳。住所は、新宿区四谷三丁目のマンションになっていますね」

と、亀井が、いった。

十津川は、すぐ、西本《にしもと》と日下《くさか》の二人の刑事を、四谷三丁目のマンションに、向かわせた。その後、亀井に向かって、

「お遍路というのは、健康保険証も、持っているものなのかね？」

「巡礼の途中で病気にでもなると困りますからね。ただし、控えでもいいんですよ。それに、お寺では、お賽銭《さいせん》を上げなくてはいけませんから、小銭も用意しておくはずです。ああ、この袋にも、財布が入っていて、五枚の一万円札のほかに、小銭が入っていますね」

「カメさんは、なかなか、お遍路に、詳しいんだね」

十津川が、感心したようにいうと、

「私の母が、七十歳の古希《こき》を迎えた時、一念発起して、四国に渡ってお遍路をやったことがあるんですよ。その時、母が、白衣や金剛杖などを用意しているのを、そばで見ていましたから」

と、亀井が、答えた。

「それにしても、お遍路さんが、どうしてここに倒れているのか？　それに、首に絞殺の痕があるが、こんなお遍路さんを、誰が何のために、殺したんだろう？」

検視官が、死体を視《み》ている間、三田村《みたむら》と北条早苗《ほうじょうさなえ》の二人の刑事が、集まってきた

参道の店の人たちから聞き込みをやって、それを十津川に伝えた。

「深大寺は、朝九時から午後五時まで開いているそうで、寺が閉まった後は、参拝客が来なくなりますから、参道にある商店も、ほとんど閉めてしまうそうです。昨日、寺が閉まった時、参道には、このお遍路さんの姿は、なかったそうですから、おそらく、夜になってから、殺されたのだと思われます」

北条早苗が、十津川に、いった。

それを証明するように、検視官が、十津川に、

「死亡推定時刻は、おそらく、昨夜の午後八時から、十時くらいの間じゃないかと、思うね」

詳しい死亡推定時刻、死因を、確認するために、死体は、司法解剖を行う大学病院に、運ばれていった。

被害者の住んでいた四谷三丁目のマンションに行った、西本と日下の二人から、十津川の携帯に、電話が入った。

「被害者のマンションで、管理人に話を聞き、部屋を開けてもらって、中を調べました。被害者の井上美奈子ですが、まだ結婚は、していないようですね。中央プロダクションという、主として、テレビ関係の番組を作って、テレビ局に納入している会社

に、勤務していて、そこで、ディレクターをやっていたようです。ただ、どんな番組を、作っていたのか、それは、今のところ、まだ分かりません」

「中央プロダクションというのは、どこにあるんだ？」

「新宿西口の、雑居ビルの一階と二階が、オフィスになっています」

「それなら、中央プロダクションには、私とカメさんが、当たってみることにしよう。今から行ってみる」

十津川が、西本に、いった。

十津川は、亀井と二人、パトカーで、甲州街道を新宿に向かった。

西新宿に着くと、問題のビルの前に、パトカーを停めた。

一階の入口を、入っていくと、ロビーに、何枚かの宣伝ポスターが、貼《は》ってあった。この、中央プロダクションが制作して、テレビ局に、提供している番組の宣伝ポスターだった。

亀井は、目を輝かせて、

「この、Sテレビが、水曜日に放送している『破れかぶれ』というコメディを、毎週楽しんで、見ていますよ」

「その番組なら、私も見ているが、この中央プロが、作っているのか。知らなかったよ」

十津川は、感心した後で、受付の女性に、警察手帳を見せて、責任者に会いたい旨《むね》を、伝えた。

五、六分して、青木《あおき》という、五十年配の広報部長が出てきて、十津川たちを応接室に案内した。

「ウチでは、警察を怒らせるような番組は、作っていないはずですけどね」

青木が、笑いながら、いう。

「こちらに、井上美奈子というディレクターは、いますか？」

十津川が、きくと、青木は、うなずいて、

「ええ、おりますが、彼女、どうかしましたか？」

「今朝早く、東京の深大寺の参道で、死体で発見されたんですよ。私たちは、その捜査を担当しています」

「それって、悪い冗談なんかじゃないんでしょうね？」

青木が、急に、青ざめた顔になって、きき返した。

「残念ながら、冗談では、ありません」

「しかし、どうして、彼女が、深大寺の参道なんかに、倒れていたんですか？」

「私たちも、知りたいと思っているんですよ。まだ、はっきりとした、死亡推定時刻は分かりませんが、昨日、三月二十九日の午後八時から十時の間に、殺されたと思われます。井上美奈子さんですが、なぜか、白装束に、菅笠といったお遍路さんの姿で、殺されていたのですが、あの衣装は、何か、意味があるのですか？」

亀井が、きいた。

青木広報部長は、

「少しお待ちください」

と、断ってから、いったん、応接室を出ていき、二、三分すると、一枚の大きなポスターを、持って戻ってきた。

それを、十津川たちの前のテーブルに広げて置いた。

そこには、「お遍路ころがし」と大きく書かれていて、お花畑の細い道を、お遍路姿の女性が歩いている光景が、表現されていた。

「これは、四月二日から始まるNテレビの新番組なんですが、この番組の、ディレクターを、井上美奈子が、受け持っているんです。そのために、お遍路の衣装を、一式揃えましてね。ディレクターの彼女が、それを着て、番組のPRをしていたんですよ」

「あの衣装は、宣伝用だったんですか？」

「ええ。最近は、競争が厳しくて、なかなか、視聴率が獲《と》れませんからね。ディレクターが、みずから宣伝を買ってでる必要があるんですよ。しかし、どうして、彼女は、深大寺なんかに、行ったんだろう？　四月二日までの宣伝のスケジュールは、もう出来ていて、その中に深大寺は、入っていないんですよ」

「どんなところに、行く予定になっていたんですか？」

「まず第一は、芸能雑誌の編集部ですよ。雑誌で取り上げてもらえば、いい宣伝になりますからね。四国八十八カ所の、お遍路巡りの中で、第一番の札所が、徳島県の、霊山寺《りょうぜんじ》という寺です。徳島県の、東京出張所が銀座にあるので、そこに行くことも決めていました。他にも寄る所があったようですが、深大寺は、予定には全く入っていないんですよ」

「この『お遍路ころがし』という番組ですが、どんな内容ですか？」

十津川がポスターを見ながら、青木に、きいた。

「春が来て、お遍路が、菜の花の匂《にお》っている四国路を巡礼する。それをカメラが、追っていくというのが、普通の番組ですが、それでは、どこでもやっているから、面白くも何ともないでしょう？　そこで、少しばかり、不謹慎かとは思ったのですが、お遍路をゲームにしてしまおうと、考えたんですよ。簡単にいえば、参加者を募集して、二人の人間を選び、四国八十八カ所の巡礼を、競《きそ》わせることにしたんですよ」

「つまり、ゲーム感覚の、巡礼というわけですか？」

「ええ、そうです。今、どんなものでもゲームにしてしまう。そのほうが、視聴者に受けますからね。それで、お遍路を募集し、二人の女性が、決まりました。二人とも四十代で、それぞれ、不幸を背負っているようなところがあって、二人とも、前から、四国の巡礼をやってみたい。そう思っていたそうです」

「では、その二人の女性に、四国八十八カ所巡りをやらせようというわけですか？」

十津川が、きくと、青木は、小さく手を横に振って、

「そんなことをしたら、一カ月以上もかかってしまいますよ。この番組では、徳島県下にあるお寺だけに、限定しました。第一番札所の霊山寺、これは鳴門《なると》市内にありす。徳島県下で最後のお寺は、第二十三番札所の薬王寺《やくおうじ》ですから、その二十三カ所のお寺を、回るんです」

「申し訳ありませんが、私には、巡礼が、ゲームになるということが、まだよく、理解できていないんですが」

「二人の女性を、完全な巡礼姿にさせて、この徳島県下の二十三カ所のお寺を、回っ

てもらうわけですよ。同じ順番に回っても仕方がないので、一人の女性は、第一番札所の霊山寺から順番に、第二十三番札所の薬王寺まで、歩いてもらう。もう一人の女性には、逆に第二十三番札所の薬王寺から、第一番札所の霊山寺に向かって、歩いてもらうわけです。少しでも早く着いたほうが、勝ちというゲームです。賞金は一千万円です」

青木は、今度は四国の地図を持ってきて、これもテーブルに広げた。

徳島県下のところに、一から二十三までの数字が打ってある。それが、第一番札所の霊山寺から第二十三番札所の薬王寺までの場所を、示しているのだ。

「この二十三カ所を、旅館や宿坊に三泊して、巡礼してもらうというのが、このゲームの基本です」

「しかし、旅館や宿坊には、泊まらずに、夜通し歩いたほうが、勝つんじゃありませんか?」

十津川が、きくと、青木は、大きく手を振って、

「いや、それはできません」

「どうしてですか?」

「なぜかというと、八十八カ所のお寺は、全て、朝の七時から夕方の五時までしか開

いていません。だから、徹夜で歩いて、グルグル回ろうとしても、五時過ぎにはお寺が閉まってしまって、お参りできませんからね。しかも、お参りしたという証拠に、納経帳という一種の、サイン帳のようなものを持っていき、お寺に着いたら、御朱印をもらうことになっているので、お寺が閉まっていれば、それがもらえません。また、旅館や宿坊に泊まった場合は、朝の七時にならなければ、出発してはならない。そういうルールにしています」

「ただ、お遍路として、歩くだけでしょう？　それに、勝ったほうが、一千万円ですか？　かなりの金額ですね」

「そのくらいの金額がないと、視聴率が上がりませんからね。一千万円を賭《か》けて、二人の女性が、お遍路の競争をする。これでまあ、テレビ局が、お金を、出してくれることになったんです」

「その競争には、ほかにもいろいろと、制約のようなもの、例えば、してはいけないようなことは、あるんですか？」

「もちろん、巡礼するんですから、相応《ふさわ》しくないような行動を、取った場合には、その時点で、失格になります」

「どんなことを、やってはいけないんですか？」

「お遍路は、お寺を、回って歩くわけですから、邪悪《じゃあく》な気持ちなどを、持っていてはいけない。そこで、十戒というものが、定められているんですよ。一、生き物は殺さない。二、盗みをしない。三、ふしだらなことをしない。四、ウソをつかない。五、お世辞をいわない。六、悪口をいわない。七、二枚舌は使わない。八、むさぼりの心は持たない。九、怒らない。十、邪心を持たない。これが十戒ですが、気の持ちようみたいなことは、あまり厳しくは、規制されていません。ただ、そうはいっても、お遍路ですから、その途中に、この戒律は、忘れないでくださいと、二人には、いってあります。一番から、二十三番までのお寺に、お参りする時の作法もあります。これも二人には、きちんと教えておきました。ですから、それを間違えると、マイナス点になります」

「参拝の作法というのは、難しいんですか？」

「それほど、難しいものじゃありません。いってみれば、常識の範囲内ですね。ただ、やはり、お寺に、お参りするわけですから、最低限の作法だけは、守っていただきたい。お寺に着いたら、山門は、お辞儀をしてから通る。次に、水屋で口を漱《すす》ぐ。お寺には、鐘がありますが、巡礼の場合は、お参りした後に鐘を撞《つ》くと、縁起が悪いということなので、鐘を撞きたいという場合には、参拝の前に鐘を、撞かせてもらう。本堂、大師堂で、ロウソクをともし、線香を上げて、お札を納め、お経《きょう》を唱える。このお経というのは、急に覚えるというのも、大変ですから、お経の一行だけを暗記して、唱えればいいことにしました」

「それでもかなり難しそうですね」

「いや、十戒とか、参拝の時の作法とかいったことは、すべて、印刷して、二人の競技者には、渡してあります。それに、制約があったほうがゲームは面白いですから」

「それで、死体が、巡礼の格好をしている理由が、分かりましたが、あなたもいわれましたね？　あの衣装で、宣伝に歩くところは、芸能雑誌の編集部や、徳島県の東京出張所、あるいは、テレビや新聞などの芸能欄を担当している記者に、会うことになっていた。深大寺に行く予定はなかった。そうでしたね？　あなたにも、被害者である井上美奈子さんが、深大寺に行った理由は分かりませんか？」

「深大寺に行ったというのは、全く予定外の行動ですからね。私にも、全く分かりません」

「犯人に、井上美奈子さんが、深大寺に、呼び出された。そうとしか私には、考えられませんね。もう、深大寺も閉まって、参道も暗くなっていた。その時刻に、井上美奈子さんは、犯人に会った。そして殺された。とすると、犯人は、被害者、井上美奈子さんと、ごく親しい人間ではないか？　そう思えるのですが、青木さんに、何か、心当たりはありませんか？」

「いや、心当たりなど、全くありませんね」

「そうなると、個人的な恨みによる犯行ということになってくるのですが、死んだ井上美奈子さんは、どんな女性だったんですか？」

「そうですね」

と、青木は、少し考えてから、

「彼女は美人だし、頭はいいし、アメリカに留学した経験も、ありましたから、英語も流暢《りゅうちょう》に話しました。ここにきて、二本ばかり、視聴率の高い番組を、彼女が作りましたからね。それで多少、妬《ねた》まれていたようなこともあったかも知れません。特に、男性社員の中には、自分の思うような番組が、なかなか作れなくて、悩んでいる人間もいますからね。そんな連中は、井上美奈子を、妬んでいたかも知れません。だからといって、ウチのスタッフの中には、人殺しなどをするような人間は、一人も、いませんよ。それは、私が断言します」

「三十歳で、番組のディレクターというのは、出世の早いほうですか？」

十津川が、きくと、青木は、また少し考えてから、

「おそらく、女性では、ウチで、初めてではないでしょうかね。二十八歳の時からディレクターを、やっています。彼女より出世の遅れた男性社員もいますから、今もいったように、多少妬まれていたことは、間違いないと思うのです。しかし、ウチの連中は、人殺しなどしませんよ」

繰り返した。

「ウチの刑事が調べたところ、井上美奈子さんは、まだ、独身だったそうですが、恋人はいないんですか？」

「さあ、どうでしょうか？　ウチの社では、社員のプライバシーには、一切立ち入らないことになっているので、彼女に恋人がいたとしても、私の耳には、入ってきませんね」

「社長さんのお名前は、確か、近藤《こんどう》定良さん、さだよしさんとお読みするんでしょうか、確か、この方ですね？」

「ええ、そうですが」

「この近藤社長は、どんな人ですか？　確か、まだ五十歳とおききしたのですが」

「まず、頭は切れますね。週に一回、幹部会議があって、そこには、私も出席しますが、近藤社長が、ほとんど、一人でしゃべっていますよ。センスもいいので、アイデアを出すのも、社長がいちばん、多いですからね。われわれ幹部連中は、たいてい、黙ってしまうんですよ。ただ、社長は、井上美奈子だけは、信頼していて、何かと相談していたようです」

「近藤さんは、結婚していらっしゃるんですか？」

「確か、二十五歳の時に結婚しているはずですから、今年で二十五年ということになりますね。十月十日に結婚されているから、去年の十月十日は、全社員を、温泉に招待してくれました」

3

十津川と亀井は、いったんビルの外に出てから、中央プロが仕事を終える時まで、近くの喫茶店で、時間を潰《つぶ》していた。

その後、もう一度、ビルの前まで行くと、一人で出てきた、女性社員を捕まえて、近くの喫茶店で、ケーキとお茶を奢《おご》りながら、話を聞くことにした。

彼女の名前は、狩野《かのう》あかり、二十五歳だという。

「ディレクターの井上美奈子さんが、深大寺の参道で、殺されたことは、もう聞いているでしょうね？」

「ええ、聞きましたけど、まだ本当のことなのか信じられなくて」

狩野あかりは、少しばかり、声を震わせて、いった。

「この事件を、私たちが捜査することになったのですが、いろいろと、お聞きしたくてね。さっき、青木という広報部長さんに、お会いしたのですが、彼の答えがはっきりしなくて、困っているのです」

「警部さんは、どんなことをお知りになりたいのですか？」

狩野あかりは、用心するような目で、十津川を見た。

「青木広報部長さんは、井上美奈子という人が、優秀で、高視聴率をマークした番組を、ここにきて、二本も手掛けた。だから、妬まれることも、あったかも知れないが、ウチの社員が、彼女を殺したとは、とても、思えない。そういうんですよ。井上美奈子さんに、恋人がいたかどうかは、自分は知らない。そういっているんですけどね。ズバリ、ききますが、井上美奈子さんは、近藤社長の信頼が篤かったようですが、二人の間に男女の関係があったんでしょうか？」

十津川がいきなりきくと、狩野あかりも、すぐには答えず、

「そういうことは、何も知りませんから、私」

「何も知らないというと、どうやら、近藤社長と、殺された井上美奈子さんとは、個人的に、親しい関係にあった。そう見てもおかしくないわけですね？」

十津川がいうと、今度は、狩野あかりは、黙ってしまった。

答えるのに困っている狩野あかりの態度から、十津川は、近藤社長と、殺された井上美奈子との関係が、かなり噂《うわさ》になっているのだと思った。

「殺された井上美奈子さんが、お遍路をテーマにしたゲーム番組を、担当していたことは、ご存知ですね？」

「ええ、もちろん、知っています」

「その、『お遍路ころがし』という番組なんですが、中央プロの中に、番組制作に反対する人は、いなかったんですか？」

十津川が、きくと、なぜか、狩野あかりは、小さく笑って、

「ウチとしては、大々的に、売り出していますけど、本当のことをいうと、反対の意見の人も、何人かいるんです」

「反対の人は、たくさんいるんですか？」

「何でも、三人いるということですわ」

「その三人ですが、どんなところに反対をしているんですか？　番組の企画としては、

結構面白いと、思うんですが」

「一人は、番組の企画そのものが、不謹慎だというんですよ。その人のお母さんが、亡くなったばかりで、お遍路というのは、本来、真面目に、人生を見つめ直すために巡礼するのがスジだ。それをゲームにして、バラエティ番組として、楽しんでしまおうというのは、不謹慎もはなはだしい。そういって、反対しているんです」

「それ以外の反対の人の意見は、どんなものなんですか？」

「二人の女性出演者の、決定の仕方が、公平ではないという社員もいるんです」

「どうしてですかね？　募集して二人を、選んだんだから、公平なんじゃ、ありませんか？」

「確かに、形の上では、何の問題もないんですけど、テレビで、大々的に募集をしたら、五百人近い応募があったんですよ。それで、第一次審査、第二次審査を経て、最後には、五人に絞られたんですけど、その中に、ウチの重役の知り合いが一人いて、とにかく、彼女に、やらせて欲しいというので、最後に二人を選ぶ時、手加減したのではないか？　そんな噂が流れているんですよ。それが分かってしまうと、番組自体の信用も、失われてしまうのではないか？　そんなふうに、心配する人もいるんです」

「もちろん、ディレクターの井上美奈子さんも、心配していたんでしょうね？」

「ええ、何といったって、井上さんは、この番組の担当ディレクターですから」

「三番目の反対者は、どんな、意見なんですか？」

十津川が、きくと、狩野あかりは、小さく首をすくめて、

「その人の名前は、ちょっと、いえないんですけど、前から、井上美奈子さんに対して、敵愾心《てきがいしん》を、燃やしている人が、いたんですよ。最近、ここにきて、井上美奈子さんは、二つの番組を担当して、高視聴率をマークしていますからね。それに対して、その人は、なかなか視聴率の上がる番組が、作れなかった。それで、ずっと、井上美奈子さんには、ヤキモチを焼いていたんですよ。今回の『お遍路ころがし』という番組に限らず、井上美奈子さん自身に、反対しているんです」

「殺人事件なのでね。何とか、その三人の名前、教えてもらえませんか？　絶対に、秘密は守りますし、あなたに、ご迷惑をかけるようなことはしませんよ」

「でも、私が、憎まれてしまいますから」

「ですから、秘密は、守ります。殺された井上美奈子さんの仇《あだ》を討つと思って、三人の名前を、教えてくださいよ」

十津川が、強い口調で、促すと、狩野あかりは、やっと、

小沼敬太郎《こぬまけいたろう》　五十歳
木田昭《きだあきら》　四十八歳
佐野清美《さのきよみ》　三十二歳

この三人の名前を教えてくれた。

小沼敬太郎は、六人いるプロデューサーの一人だった。

木田昭は、ディレクターだが、一度失敗して、今は不遇をかこっているという。

三人目の佐野清美は、井上美奈子と同じN大の出身で、彼女の先輩である。後輩の井上美奈子が、脚光を浴びて張り切っているのを見ると、腹が立って仕方がないのではないかと、狩野あかりが、解説してくれた。

「中央プロの中に、井上美奈子さんの、親友のような人はいませんか？　もし、いれば、その人を、紹介していただきたいのですが」

「おそらく、いないと思いますよ。何しろ、井上美奈子さんは、いい意味でも、悪い意味でも、一匹狼だから」

狩野あかりが、断定的にいった。

4

その日の夕方、午後六時に、調布警察署の中に、捜査本部が置かれた。

十津川が、中央プロダクションに、電話をかけ、四月二日から始まるという番組の、二人の遍路役の出演者に、会いたいというと、あの青木広報部長が、電話に出て、

「その件は、お断りするより仕方がありませんね。ディレクターの井上美奈子は、不幸にも、亡くなりましたが、番組は、四月二日から、放送することに決めています。ですから、主役の女性二人に、殺人事件について、いろいろときかれると、気持ちが、動揺してしまって、普段の気持ちで、徳島県下の二十三の寺を、回ることができなくなってしまいますからね」

「いつならば、構いませんか？」

「四月二日にスタートして、三日、四日と徳島県内の旅館で三泊します。四月五日には、二人とも巡礼の旅を、終える予定ですから、その後ならば、自由に、会っていただいて、結構ですよ。その時になったら、二人の女性の名前もお教えします」

「四月五日で、このゲームというか、巡礼競争は、終わるというと、その後、続篇は

作らないんですか？」

「徳島県下の巻を放送し、視聴率が高ければ、四国のほかの県、高知篇、愛媛篇、香川篇を、順次やっていこうと思っています。とにかく、競争が、激しいですから、視聴率が上がらなければ、次が、できないんですよ」

「最初の放送で、視聴率が、何パーセント獲れれば、続篇が作れるんですか？」

試しに、十津川が、きいてみると、

「今は、十五パーセントになっています。それが最低のラインですから、それより上がってくれれば、御《おん》の字なんですよ。それを期待しているんです」

青木が、いった。

翌三月三十一日になると、被害者、井上美奈子の両親が、故郷の宮崎から上京して来た。

両親は、遺体の確認をしてから、十津川に向かって、

「どうして、娘が、こんなことに、なってしまったんでしょうか？　それを、教えてください」

悲しみと、怒りが、交錯するような顔で、いった。

「われわれも、なぜ犯人が、お嬢さんを、殺したのか、突き止めたいんですよ。ご両

親から見て、美奈子さんというのは、どんな娘さんでしたか？」

十津川が、二人に、きいた。

「娘は、大学時代から、放送関係の仕事をやりたい。そういっていましてね」

と、父親が、いった。

「その希望が叶《かな》えられたうえ、高い視聴率を獲る番組を、続けて二本も、成功させて、大変喜んで、張り切っていたんですよ」

「お母さんは、どうですか？　好きなテレビ関係の仕事をしていたんだから、幸せだったと思いますが、娘さんには、心配事があって、それを、お母さんに打ち明けたりは、していませんでしたか？」

「私には、分かりません」

と、母親が、目をしばたたいた。

「これは、私の勝手な思いかも知れませんけど、こんなことが、あったんですよ。ウチの長男夫婦のところに、小学校五年の男の子がいましてね。私たちから見ると、孫ということになるんですが、その子が、学校でいじめにあっているらしいと、そんなことを、話していたら、娘の美奈子が、私は、学校時代は、逆に、いじめるほうだったけど、中央プロダクションに入ってから、いろいろといじめられている。人間というのは、たぶん、一生いじめたり、いじめられたりを、繰り返すものなのではないだろうかと、いっていたんですよ。それで、少しばかり、心配していたんですけど」

「そのいじめの話ですが、会社の誰からいじめられていると、名前は、いわなかったんですか？」

「ええ、いいませんでした。よっぽど悩んでいるのなら、いじめている人の、名前をいいなさい。そういったんですけど、娘は、お母さんに話したら、スッキリした。これから新番組の制作に全力を尽くす。だから、安心してちょうだい。娘は、そういっていました。でも、娘が殺されてしまったところを見ると、いじめは、なくなって、いなかったんだ。そう思いますよ。あの時、もっと、親身になってきいてあげて、相談に、乗ってあげていればよかったのかも知れません。そう思って、悔やんでいるんです」

「最近、郷里の宮崎に、美奈子さんが帰ってきたことは、なかったんですか？」

　十津川が、きくと、父親が、

「三月の初めに、二日間だけ休みがとれたからといって、一日だけ泊まっていきましたよ。もっと、ゆっくりしたらいいじゃないかといったら、美奈子は、とにかく忙しくて、今回も無理してやって来たから、ゆっくりしていられないの。そういって、二日目の夜、慌ただしく、帰っていきましたよ。宮崎から、羽田行きの最終の飛行機に乗ったんじゃないかと思いますね。妻が、翌日心配して、電話をしたんですが、留守電になっていて、出てこなくて、次の日、娘のほうから電話がありました」

「その電話で、娘さんは、どんなことを、お母さんと、話をしたんですか？」

「連絡がないから、心配した、どうしていたのと、きいたら、娘は、今、新番組のことで頭が一杯で会社に泊まりこんだの、ごめんなさいと、いってましたわ」

「どんな番組なのか、聞きましたか？」

「ええ。聞きました」

「そうしたら、娘さんは、どういいました？」

「四国のお遍路をテーマにした番組だと、いってました。いい番組じゃないのと、いってやりましたよ。お遍路の話って、すばらしいですものね。いつか、私も、主人と、四国の巡礼をしたいと、思っていましたから」

「お母さんに励まされて、娘さんは、喜んでいたでしょう？」

「それが、変なんですよ。そうかしらって、気のない返事をするんで、心配になりましてね。何かあるのって、聞きました」

「それに対して、娘さんは、どういってましたか」

「何にもないし、がんばるつもりだけど、今度の番組についてだけ、いやなことが起こらなければいいんだけどと、いうんですよ。気が進まないのなら、社長にお願いして、おろさせて頂いたらいいじゃないのって、いってやったんですけどね」

「美奈子さんは、どういったんですか？」

「そういうわけにもいかないのよって、いってました。それで、娘は、電話を切ってしまったんですけどねえ。こんなことになってしまって、あの時の娘の言葉が、思い出されて、仕方がないんですよ」

「美奈子さんには、男でも女でもかまいませんが、親しく付き合っている人は、いませんでしたか」

「仕事一筋のまじめ人間でしたから、結婚願望もないようでした。悩みがあるなら、せめて、相談にのってくれる女友達がいないの、と聞いたら、必要ないといってました」

母親が、いう。

（殺された井上美奈子は、何か、予感があったのだろうか？）

両親が帰った後、亀井が、

「ヤキモチに、いじめですか。三十歳の女性が、新番組の、ディレクターになるというのは、大変なことみたいですね」

と、感心したように、いった。

「今の時代、いちばん華やかな世界だからね。それだけに、いじめも、ヤキモチもあるんじゃないのかね」

「これから、どうしますか？　四国に行っても、肝心の巡礼ゲームには、干渉できませんが」

亀井が、残念そうに、いう。

「もう一度、中央プロダクションに行って、三人に、会ってみようじゃないか」

「三人というと、井上美奈子が、担当した番組に、反対していたという三人ですか？」

「そうだ。その三人だ。その三人が、井上美奈子を、殺したとは思えないが、会って話を聞けば、何か、分かるかも知れないからね」

十津川と亀井は、再度、西新宿にある中央プロダクションを訪ねた。

十津川は、青木広報部長に会い、三人の名前をいって、この三人から、話を聞きたいと告げると、青木は、露骨にイヤな顔をした。

「どうして、その三人に、会いたいんですか？」

「この人たちは、井上美奈子さんがディレクターとして担当していた新番組に、反対していたんでしょう？　だから、いろいろと、話を聞きたいんですよ」

「ということは、この三人の中に、井上美奈子を殺した犯人がいると、警察は考えているんですか？」

「いや、そんなことは、少しも考えていません。何の先入観も持たずに、会って、話を聞きたい。井上美奈子さんを殺した容疑者だなんて、まったく思っていません」

十津川は、相手を安心させるように、いった。

「誰から、三人の名前を、お聞きになったんですか？」

「こちらの社員の一人からですよ。しかし、名前は申し上げられません。どうしても、ここで話を聞くのがダメだというのなら、この三人に出頭要請をして、捜査本部に来てもらい、訊問《じんもん》することになりますけど、われわれとしても、そうはしたくないんですよ」

十津川が、いうと、青木も、やっと承知してくれた。

ただし、会社の外で、会うのは困る。ここの応接室で会って欲しいと、注文をつけた。

十津川と亀井は、応接室で、一人一人に、会うことにした。

最初は、プロデューサーの、小沼敬太郎である。中央プロダクションが、設立された時からの、社員だという。

「深大寺の参道で、こちらのディレクター、井上美奈子さんが、殺されているのが発見されました。われわれは、その捜査に当たっているので、是非、協力していただきたいのですよ」

「もちろん、協力は惜しみませんよ。何といっても、社員の一人が、殺されたんです。私としても、一日も早く、犯人を見つけ出してもらいたいと、願っていますから」

「小沼さんは、新番組、『お遍路ころがし』に、反対されていたようですが、今も、変わりありませんか？」

「ええ、できれば、ほかの番組を、作って欲しいと思っていますよ」

「しかし、『お遍路ころがし』は、すでに、Nテレビと契約が、できているんじゃありませんか？　それに、あと二日で、始まってしまうんですからね。今から中止となると、中央プロダクションは、大きな損害を、被《こうむ》るんじゃありませんか？　小沼さんは、それでも、反対ですか？」

「これは、考え方の、違いですからね。確かに、警部さんがいわれたように、番組は、四月二日から、放送ですから、今になって中止したら、契約したNテレビにも損害賠償をしなければなりませんし、ほかにも、損害が発生するでしょうが、私は、この番組は、中止して欲しいと、今でも思っています」

「小沼さんが反対している新番組のディレクターを、井上美奈子さんがやっていたわけですが、彼女のことは、どう思っていたんですか？　彼女にも、賛成できないところがありましたか？」

「彼女は、才能もあるし、私は、大いに買っていましたよ」

「しかし、彼女が、ディレクターをやる今回の新番組には、反対だったんでしょう？」

「あの番組は、元々、彼女が考えたわけじゃないんですよ。考えた人は、ほかにいるんです。本当は、彼女ではなくその人に反対なんですよ」

小沼は、回りくどい、いい方をした。

5

次に会ったのは、木田昭という四十八歳の、ディレクターだった。

今も新番組、「お遍路ころがし」に、反対か、殺された井上美奈子のことを、どう十津川と亀井が、木田に質問した。

「それでも、思っているか、この二つに、重きを置いて、十津川と亀井が、木田に質問した。」

「確かに、今から中止を要望しても、Nテレビは反対するでしょうしね。それでも、私は、今でも、あの新番組には、反対です。だって、そうでしょう？　お遍路というのは、素晴らしい習わしだと、思っているんです。お遍路に参加する人たちは、いろいろと、その人なりの悩みを、抱えているわけですよ。そんなお遍路を、からかうような番組を、私は、作って欲しくないんです」

「殺された井上美奈子さんについて、正直な気持ちを、話してもらえませんか？　好きなら好き、嫌いなら嫌いと。もし、嫌いだというのなら、どこが、どうして、嫌いなのか、それを、話していただけると助かるのですが」

十津川が、いうと、木田は、急に用心深い目つきになって、

「彼女は、センスのいい、優秀なディレクターですよ。私は、いつも、彼女の才能を買っていましたからね。ただし、そんな彼女が、今回のような、お遍路を侮辱したような番組を、作ることには、どうしても賛成できないんです」

最後に、佐野清美に、会った。

三十二歳と聞いたが、世の中の、先端を行く仕事を、やっているせいか、年齢《とし》よりも、若々しい感じがした。

「殺された井上美奈子さんのことで、いらっしゃったんでしょう?」

いきなり、佐野清美のほうから、切り出してきた。

十津川は、うなずいて、

「あなたも、ここでは、ディレクターをやっている。いわば、井上美奈子さんの先輩ですね?」

十津川は、そんな質問から入った。

「ええ、二年先輩になりますわ」

「ここへきて最近、井上美奈子さんは、高視聴率を、獲得した二つの番組を担当した。それに比べると、失礼ない い方ですが、あなたのほうは、高視聴率を、獲得した番組は、担当していない。それで、井上美奈子さんに対して、ライバル心を、持っていたんじゃありませんか?」

「もちろん、持っていましたわ。でも、この世界では、日常茶飯事ですよ。でも、私は、彼女に対して、何もしていません。もちろん、殺してなんかいないし、からかったことさえ、ありませんよ。確かに、ライバル心は、持っていましたけどね。それでも、彼女の才能に対しては、尊敬していましたわ」

「しかし、今回の新番組、『お遍路ころがし』に対しては、あなたは、反対だったたんでしょう?」

「正直にいえば、反対です」

「理由は、きかないことにしましょう。いろいろと、あるようですからね。井上美奈子さんに対して、実力行使に出たことは、ありませんか?」

「実力行使って、何ですか?」

「井上美奈子さんを呼びつけたり、彼女のマンションに、押しかけていったり、圧力をかけたというようなことは、なかったんですか?」

「私は、何もしていませんわ。納得いかないのならば、どうぞ、私のことを調べてください。そちらが必要とするような資料があれば、何でも、お見せしますわ」

佐野清美は、十津川と亀井を睨《にら》むように見て、キッパリといった。

第二章　予告電話

1

電話が鳴った。

西本刑事が、電話を取った。

「はい。こちら捜査本部です」

と、いったが、なぜかすぐに、相手の声が聞こえてこない。

仕方なく、西本は、もう一度、

「もしもし、こちら、捜査本部ですが、何かご用ですか？」

と、きいた。

「四国八十八カ所巡り」

妙に、抑揚のない声が、聞こえた。

「四国八十八カ所巡りが、どうかしたのですか？」

「途中で人が死ぬ。殺される。くれぐれも用心せよ」

またしても、抑揚のない暗い声で、それだけをいうと、電話を切ってしまった。

しかし、警察の電話は、相手が切ってしまっても、繋《つな》がっているシステムになっている。すぐに調べた結果、相手が、電話をかけてきた場所は、東京駅構内の、公衆電話だと分かった。

西本刑事は、十津川に向かって、

「今、妙な電話がありました。四国八十八カ所巡りの、お遍路の途中で、人が死ぬ。殺される。用心しろ。相手は、それだけいうと、電話を切ってしまいました。電話をかけてきた場所が、東京駅構内の公衆電話だと、確認できましたので、これから、念のために、東京駅に行ってきます」

「たぶん、相手は、もういないよ」

「おそらく、そうでしょうが、念のためです」

そういって、西本刑事は、出かけて行った。四十分ほどして、西本刑事から十津川に、連絡が入った。

「東京駅構内の、どの公衆電話から捜査本部に、電話をしてきたのかは、分かりましたが、やはり、もういませんでした。電話の近くにある、キオスクの女性店員が、目撃していたそうで、その証言では、四十前後の、男らしいのですが、帽子を目深《まぶか》にかぶっていたそうなので、人相までは、分からなかったといっています」

「そうか、分かった」

と、十津川が、いった。

「さっきの電話は、どんな内容だったのですか？」

亀井が、興味を感じた顔で、きく。

「西本刑事の話によると、四国八十八カ所巡りで、人が死ぬ。殺されるから、用心しろと、そう、いってきたらしい。電話をかけてきた人間は、四十歳前後の、男としか分からない」

「男のいう四国八十八カ所巡りというのは、テレビ局が、企画した、例の一千万円を賭《か》けた、お遍路ゲームのことでしょうね？」

「ほかに、考えようはないよ」

「その途中で、人が死ぬ、殺されるというのは、どういうことなんですかね？　これも、宣伝の一つですかね？　警察が騒ぎ立てれば、人気に、なりますから」

「このお遍路ゲームにからんで、すでに一人、殺されているんだ。そんなゲームの途中で、人が死んでもおかしくはない。もしかすると、このお遍路ゲームに反対していた、中央プロダクションのプロデューサーの小沼敬太郎か、ディレクターの木田昭が、ゲーム中に殺人事件がおこる確証を得て、警告のつもりで、電話してきたのかも知れない。君から三田村刑事にいって、二人の捜査に当たらせてくれ」

十津川は、そういったあと、しばらく考えていたが、

「殺された井上美奈子の捜査は、西本や日下たちに、任せておいて、われわれ二人、四国に行ってみないか？　確か、明日、第一番札所の霊山寺で、今回のお遍路ゲームの最後の打ち合わせがあるそうだ。それをまず、聞いてみようじゃないか」

2

二人は、その日のうちに、羽田から徳島に向かった。

徳島空港に、着いたのは、午後三時過ぎだった。

二人は、空港から、鳴門市内にある第一番札所、霊山寺に向かった。

その広い境内の一角に、明日の打ち合わせのための、大きなテントが張られている

のが、目に入った。

テントの中を、覗《のぞ》いてみると、すでに、イスが並べられ、壇上には机と、大きな黒板が、用意されていた。

十津川は、これまでに、何回か四国に来たことがあったが、捜査で来たのであって、八十八カ所の寺巡りを、したこともなければ、第一番札所の、霊山寺に来たのも、初めてだった。

十津川は、亀井と、寺の周辺を見て回った。

この寺が、八十八カ所巡りの、第一番札所ということもあって、隣には、お遍路さんに必要な衣装や杖《つえ》、数珠《じゅず》などを売る、大きな店があった。

店の中には、すでにお遍路姿の人々や、まだ、お遍路にはなっていない若者たちなどが入っていて、杖や、菅笠《すげがさ》や、白い衣装などを品定めしている。たいていのお遍路さんが、この店で、必需品を買い、それを身につけてから、第一番札所、霊山寺を、出発するらしい。

十津川と亀井も、その店に入って、並べてある、品物を見て回った。

十津川は、お遍路の経験がないので、どんなものが、必要なのかと思いながら、並べてある品物を、見ていった。

まず、金剛杖、それから、白衣、同行二人と書かれた菅笠、ロウソクや線香の入った小型のバッグ、各札所で、参拝したという証拠に、墨書や朱印を、押してもらう納経帳、数珠、さらには、お経を書いた、経本などがあり、どれにも、ちゃんと、値段がついているのが、楽しかった。

二人が、そうした品物を、見ていた時、観光バスが、二台、駐車場に、入ってくるのが見えた。その大型の観光バスから、白装束のお遍路さんが、ゾロゾロと、降りてくる。

昔は、四国八十八カ所、千百キロの、全行程を、歩いて回るのが、普通だったのだが、今は、ほとんどが、バスで回るという。

若い人も一人か二人いるが、ほとんどが、中年の団体客である。おしゃべりをしながら、山門をくぐり、本堂に、向かって歩いていく。

白装束は、皆着ているが、菅笠はかぶらず、普通の帽子を、かぶっている人もいる。それに、わらじ履きは、少なくて、ほとんどが、スニーカーを履いていた。

これが、たぶん、現代のお遍路さんの、姿なのだろう。

それでも、本堂に上がって、一心に、お経を唱えているグループもいる。

寺の近くには、食堂もあった。十津川たちは、そこで、少し早めの、夕食を取るこることにした。四、五人のグループのお遍路さんも、ここで、食事を取っている。

二人は、徳島でも名物になっている、讃岐《さぬき》うどんを注文した。名物に、旨《うま》いものなしというが、讃岐うどんは、旨かった。

二人は、この日は、霊山寺近くにある小さな旅館に、泊まることにした。

旅館に入って、地元の新聞に、目を通すと、今回のお遍路ゲームのことが、大きく、報じられていた。

〈お遍路を、ゲームにしてしまうなどというのは、弘法大師《こうぼうだいし》を冒瀆《ぼうとく》したものだという批判的な意見もあれば、弘法様のことだから、笑って許してくださるだろうという意見もある。いずれにしても、どんなことになるのか、大いに見ものである〉

そんな内容の記事だった。

十津川は、大学ノートを取り出した。

「何ですか、それは？」

と、亀井に、声をかけられると、

「事件が、事件なんでね。にわか、勉強なのだが、四国八十八カ所巡りについて、本を読んで、要点だけを、ノートにまとめてきたんだ」

と、少し照れた顔で、十津川が、いった。

「私も、四国八十八カ所巡りというのは、母が体験したので聞いたことはありましたが、中身については、ほとんど知らないんですよ。警部が読んだ本の中に、何か、参考になることがありましたか？」

「四国は、いうまでもないが、四県に分かれている。その各県に、八十八カ所の寺が分散しているんだが、この徳島県は、第一番札所の霊山寺から、第二十三番札所、薬王寺までがある。それぞれ各県には、名前がついていて、徳島県の第一番札所から、今いった第二十三番札所までを、発心《ほっしん》の道場と呼ぶのだそうで、密教でいうと、発心というのは、道徳や戒律に目覚めて、悟りに向かって、進んでいくという意味らしい。このほか、高知県は、修行の道場、愛媛県は、菩提《ぼだい》の道場、そして、最後の香川県は、涅槃《ねはん》の道場と呼ぶのだそうだ」

「涅槃というと、悟りの境地ということですか？」

「そんなところだろうね。第一番札所から順番に回っていくのを順打ちといい、逆に、回るのを、逆打ちといって、逆打ちのほうが、三倍のご利益《りやく》があるというんだが、これは、俗説らしい」

「今日、捜査本部にかかってきた電話では、お遍路の途中で、人が死ぬ、人を殺すといっているわけでしょう？　しかし、一千万円のかかった、ゲームですからね。二人で戦うお遍路さんの一人が、勝って、賞金の一千万円を、手にした後で殺して、一千万円を奪うというのなら、分かりますが、途中で殺してしまったら、当然、ゲームはそこで中止に、なってしまって、犯人の手には、一銭も、入らないことに、なってしまうんじゃありませんかね？」

亀井が、首を傾《かし》げて、いった。

「私も、同じことを考えたがね。しかし、電話の主は、途中で人が死ぬ、人が、殺されるとはいったが、ゲームに出場する選手の一人が、殺されるとは、いっていないんだよ」

「どういうことですか？」

「今、桜が咲き、菜の花も、咲いて、お遍路には、いちばんいい季節だよ。それに、ゲームの主催者が、途中の道を、規制しているわけでは、ないから、一般のお遍路さんも、たくさん、歩いてくるに違いない。今日のように、観光バスで来る、お遍路さんもいるだろうけどね。その中の一人が、殺されるということかも知れないよ」

「そう考えると、このゲームは、テレビ局が、中継するそうですから、アナウンサーも参加してくるでしょうし、カメラマンも参加する。その連中は、お遍路さんとは、呼べないかも、知れませんが、その中の一人が、狙《ねら》われることもあり得ると、お考えですか？」

「ああ、思っている」

「誰かが実際に狙われているとしてですが、電話をしてきた男は、どうして、そのことを知っているんでしょうか？」

「分からないが、電話の主が、犯人だということだって、あり得ることだよ」

「しかし、あんな、電話をしてくれば、当然、警察が、その道中を、警戒することになりますよ。現に、こうして、われわれが、第一番札所に、来ているんですから」

「深読みすればだね。犯人は、ゲームに出る選手二人は、狙っていないんだ。ほかの人間を、狙っている。だから、わざと、捜査本部に電話をしてきて、お遍路の途中で、人が殺されるといった。当然、警察は、ゲームの主役である、二人の選手のどちらかに、何か、あるのではないか、狙われるのではないかと、思ってしまう。そうして、注意を、二人の選手のほうに、向けておいて、全く無関係な、一般のお遍路を狙うか、あるいは、ゲームを、取材している人間を狙うのかも知れない。そう考えるとこのゲームの選手二人だけを、警戒しては危ないことになる」

　翌四月一日、霊山寺の境内の、大きなテントの中で、明日から始まる、お遍路ゲームの最後の、打ち合わせが行われた。

三日前の三月二十九日の夜に、このゲームを、取り仕切る中央プロダクションのディレクター、井上美奈子が、お遍路姿で、殺されていたことから、異常な関心を呼んで、広いテントの中には、入りきれないぐらいの、たくさんの人が集まっていた。

テレビ局がカメラ取材する中での説明会になった。

十津川と亀井の二人も、テントの端で、集まっている人たちを、見回していた。

今日の司会を、務めるのは、井上美奈子と同じ、中央プロダクションのディレクター、佐野清美だった。

それを眺めていて、十津川は、何か因縁めいたものを感じた。

彼が調べたところでは、佐野清美は、殺された、井上美奈子の先輩で、ライバルでもあった女性である。井上美奈子が殺されたから、その跡を、引き継いで、ライバルの佐野清美が、司会を、担当することになったことになる。

佐野清美も、お遍路姿で、壇上に立って、お遍路ゲームについて、説明を始めた。

「明日から始まる一千万円の懸賞を賭けた、お遍路ゲームについて、打ち合わせというか、約束事を、ご説明したいと思います。今回のお遍路ゲームは、徳島県内にある札所、つまり、第一番札所、このテントのある霊山寺から、第二十三番札所、薬王寺までを、二人の選手に、競ってもらうゲームです。一人の選手は、第一番札所から順番に、第二十三番札所まで、行っていただく。これを、こちらの言葉では順打ちというのだそうです。もう一人の選手には、逆に、第二十三番札所から、第一番札所に、向かっていただきます。これを、逆打ちというのだそうですが、逆打ちは、順打ちよりも、功徳《くどく》があるといわれていますが、どうもこれは、俗説のようです。二人の選手は、厳正な、審査の結果、選ばれていて、お二人とも、女性、花も実もある四十代の方です。今、会場に来ていただいているので、ご紹介しましょう。どうぞお上がりください」

佐野清美が、手を差し伸べるようにして、促すと、背格好の、ほとんど同じ二人の女性が、お遍路姿で、壇上に、上がった。

「このお二人の名前は、一応、伏せておこうと思っております。名前が分かってしまうと、知り合いの人、あるいは、親族の人が、助けようとしてしまう。そうなると、お遍路の意味が、なくなってしまいますから、今は、お一人をA子さん、もうお一人の方を、B子さんと、呼ぶことにしておきます。それではまず、第一番札所から、順打ちに第二十三番札所まで行く人と、逆打ちの方を、決めたいと思います」

二人が用意されたクジを引いたあと、

「決まりました。A子さんに、順打ち、B子さんに、逆打ちのコースを取っていただきます」

　と、佐野清美は、決めた後、それに続けて、

「第一番札所から、第二十三番札所までの地図は、皆様に、すでに、お渡ししてあります。それに、徳島県の地図と、各寺の場所が書いてあります。これは、A子さんと、B子さんにも渡してあります。お二人の衣装と、必要な持ち物ですが、それがハンディキャップになってはまずいので、全く同じものを、二着分用意して、お二人に、お渡ししました。本来、お遍路というのは、わらじ履きが、基本だと思うのですが、お二人とも、わらじには、慣れていらっしゃらないと、思うので、スニーカーで結構ということに、いたしました。ですから、スニーカーは、お二人が、それぞれ、ご自分のものを履いて、いらっしゃいます。最近のお遍路さんは、車で回るという人が、多いのですが、今回は、もちろん、二十三の寺を、全部、歩いて回っていただきます。最後の寺で結願《けちがん》ということにしていただいて、杖を、寺に納める。その時点で、勝敗を、決めたいと考えています。第十二番札所の焼山寺《しょうさんじ》、第二十番札所の鶴林寺《かくりんじ》、第二十一番札所の太龍寺《たいりゅうじ》、この三つの寺への道は、山道で、険しく、別名、遍路ころがしと、呼ばれています。一に焼山、二に鶴林、三が太龍と、呼ばれているように、この三つの寺は、山道が険しいのですが、しっかりと、歩いていただきます。特に、

第二十一番札所の、太龍寺には、現在は、ロープウェイが運行されていて、険しい山道を、登らなくても、山麓《さんろく》から、太龍寺までいけるようになっているのですが、もちろん、ここで、ロープウェイに乗ったら、その時点で、失格ということにいたします。

それから、途中三カ所で、旅館に、泊まっていただくことになりますが、旅館以外にも、寺には、宿坊がありますから、そこに、泊まっていただいても、構いません。どの寺に、宿坊があるかは、お渡しした地図の中に、書き込んでありますので、参考になさってください。今回の企画は、お遍路ころがしと、名付けましたが、お遍路であることに、変わりありません。お遍路というのは、弘法大師が、修行された寺を、回って歩き、悩みを、弘法大師に、聞いていただく。いわば、修行の道でありますから、それに相応《ふさわ》しい行動を、していただきたい。もし、それに反するような、行動をした場合は、容赦《ようしゃ》なく、減点させて、いただきますので、あらかじめご承知おきください。

例えば、お遍路さんには、お接待と、いうものがあって、地元の方が、お遍路さんに、お茶の接待をしたり、お菓子を差し上げたりします。それに、対して、お遍路さんは、お礼をいう。当然の話で、もし、それを、無視して、ひたすら、ゴールまで歩いたりしたら、これも、減点の対象になります。それから、A子さんとB子さんには、内緒で、私ども、中央プロダクションの社員が、一般のお遍路さんに化けて、このお遍路ルートを歩くことになっています。A子さんとB子さんが、お遍路さんに、相応しい行動を取っているかどうかチェックするためです。これも、今回のゲームを、楽しいものにするだろうと、私は考えております」

佐野清美は説明を終えると、一瞬間を置き、続いて、

「それでは、逆打ちのコースに決まった、B子さんには、これから、第二十三番札所、薬王寺のある徳島県美波町《みなみちょう》、太平洋に面した日和佐《ひわさ》海岸で、ウミガメの、産卵地として全国的にも有名なところでもありますが、そちらの旅館に、泊まっていただきます。順打ちに決まったA子さんには、この霊山寺近くの旅館に、泊まっていただきます。そして、明日の午前九時を期して、山門を、くぐっていただくことにします。それが、今回の、お遍路ゲームのスタートです」

中央プロダクションの、社員二人が、B子さんを、案内して車に乗せ、第二十三番札所の薬王寺に、向かって、出発した。

A子さんのほうは、この霊山寺近くの、旅館にチェックインの、手続きをした後、司会の佐野清美に、いろいろと、今回のお遍路ゲームの規則について、確認をしていた。

3

取材に来ていた、新聞記者の中には、このゲームとは別に、東京で殺された、井上美奈子のことを、中央プロダクションの社員に、きこうとする者もいた。

佐野清美も、その質問の的《まと》に、されたのだが、これには、青木広報部長が、応対に当たった。

青木は、わざと、笑顔を見せて、集まった新聞記者に向かい、

「記者の皆さんの気持ちは、わかりますがね、彼女が殺されたことと、今回のお遍路ゲームとは、何の関係もないと、私は思っていますよ」

「しかし、彼女は、お遍路姿で、殺されていますよね？　それでも、今回の、お遍路ゲームとは、何の関係もないと、いわれるのですか？」

と、記者の一人が、質問した。

「確かに、彼女は、お遍路姿で、殺されていましたが、あの場所は、今回のゲームとは、何の関係もないところなんですよ。ですから、たまたま、井上君が、お遍路姿でいて、その時、誰かに、会うことになって、その姿のままで、深大寺に行った。そう

いうことだと、考えています。おそらく、警察も、同じように考えて、現在、捜査に、当たっているはずだと、確信しています」

「殺された、井上美奈子さんは、中央プロダクションの中で、いろいろと、妬《ねた》まれていたと、聞いているんですが、それは本当ですか？」

二人目の記者が、きく。

「そういうことを、よくきかれますが、どこの会社でも、社員の間に、ライバルがいるのが、普通じゃありませんか？　特に、井上美奈子さんのように、仕事ができれば、ライバルだっているでしょうし、当然、ライバルがいれば、妬まれますよ。しかし、そんなことで、人は人を殺したりするでしょうか？　今もいったように、井上美奈子さんの死は、今回のお遍路ゲームとは、何の関係もないと、思っています」

「今回のお遍路ゲームの、指揮に当たるのは、さっき、司会を務めていた、佐野清美さんというディレクターだそうですね。彼女は、殺された、井上美奈子さんのライバルだったという話を、聞いたのですが、本当ですか？」

「困りましたね。どうして、皆さんは、そういうふうに、ライバルだとか、妬んでいるとか、話を、そっちのほうに、持っていこうとするんですか？　佐野清美は、確かに井上美奈子さんと同じ大学の先輩で、どちらも、優秀なディレクターですよ。当然、競争心だってあるでしょう。そういうものが、なければ、競争の厳しいこの業界では、やって、いけませんからね。たまたま、井上美奈子さんが、死んだので、先輩の佐野清美が、今回の、お遍路ゲームの指揮に、当たることになった。彼女は、優秀な人だから、それでいいんじゃありませんか？　別に、佐野清美が、井上美奈子さんを、殺したわけじゃありませんからね」

この後も、記者たちの、質問が続くのだが、十津川と亀井は、途中で、テントの外に出た。

二人は、午後の日差しの中を、本堂に向かって歩きながら、

「やっぱり、記者たちの目は、東京で起きた殺人事件に向かっていますね」

亀井が、いった。

「そりゃ仕方がないさ。お遍路ゲームと殺人事件を、秤《はかり》にかければ、どうしたって、殺人事件のほうに、マスコミの目は、向いてしまう。それでなくても、被害者が、遍路姿で殺されていたという、ちょっと、猟奇的な感じの事件だからね」

「こんな時、東京の捜査本部に、男がかけてきた電話のことを、記者たちが知ったら、大騒ぎになって、しまうんじゃありませんか」

亀井が、苦笑しながら、いう。

二人は、この後、昨日と同じく、寺の近くにある食堂で、讃岐うどんを食べることにした。

二人のほかにも、新聞記者が、何人か、そこで、同じように、食事を取っていた。

「主催したテレビ局は、どう思っているのかな？」

記者の一人が、連れの記者に向かって、喋《しゃべ》っている。

「おそらく、困ってなんかいないだろう。逆に、深大寺の殺人事件のお陰で、多くの人が、今回のお遍路ゲームに注目するだろうから、視聴率は、二、三パーセント上がるはずだよ。そう考えれば、今回の殺人事件は、むしろ、願ったり叶《かな》ったりじゃないのか？」

「さっき、ゲームの説明をしていた佐野清美という、ディレクターだが、今、どんな気持ちなんだろう？　彼女が、殺された井上美奈子という、ディレクターのライバルだったことは、間違いないんだ。そのライバルが、死んだために、この仕事が転がり込んできたんだから、やっぱり、喜んでいるのかね？　それとも、困ったことになったと思っているのかね？」

「俺は、喜んでいると、思うね。これでうまくいけば、高視聴率が獲れる。そうなれば、中央プロダクションの中で、大きな顔ができるし、次の大きな仕事にも、繋がると、そんなふうに、思っているんじゃないのか？」

そんな、勝手な会話を、口々に交わした後で、記者たちは、ゾロゾロと、店を出ていった。

十津川たちの、テーブルに、讃岐うどんが運ばれてくる。

「記者連中は、勝手なことをいっていますね」

箸《はし》を取りながら、亀井が、いった。

「私たちだって、勝手なことをいっているよ」

と、十津川は、笑った。

「これから、どうします？」

「捜査本部にかかってきた電話も、無視できないから、西本と日下の二人を、至急、ここに呼ぼうと思っている。二人には、逆打ちのコースを取ってお遍路をする、B子の監視に、当たってもらう。私とカメさんは、順打ちのコースを、回るA子を監視することにしたい」

十津川は、携帯電話を、東京にいる西本と日下にかけ、すぐ、こちらに来るようにいった。

うどんを食べ終わると、二人は、コーヒーを頼み、テーブルの上に、さっき渡された、徳島県内の、二十三の札所が記された地図に、目をやった。

「この地図を見ると、二十三のお寺の中で、本堂に、祀《まつ》られているのは、薬師如来が多いんですね」

感心したように、亀井が、いった。

「それは、私も、気になっていたんだ。釈迦《しゃか》如来や観音様よりも、カメさんのいうように、薬師如来のほうが、圧倒的に、多いんだ。これは、知らなかったね」

「どうして、薬師如来が、多いんですかね？」

「昔は、医学が、発達していなかったから、不治の病が、多かったんじゃないかと思うんだ。不治の病に、罹《かか》った人たちは、助けを求めて、四国八十八カ所の、お遍路になった。ご本尊に、薬師如来が多いのは、そのためじゃないかね。薬師如来が、祀られていれば、不治の病の、お遍路さんも、なんとか、助かるんじゃないかと思って、お参りをする」

「私も、お遍路の中に、昔は、不治の病の人が多かったと聞きました。そういう人たちは、四国八十八カ所を、周る途中で死んでしまった。そういう人たちのお墓が、お寺の境内に、いくつかあるということも、きいています」

「テレビ番組では、ゲームなんていっているが、その当時のお遍路は、必死だったたんだ」

と、十津川が、いった。

4

四時間近く経って、西本と日下の二人の刑事が到着したが、北条早苗刑事も、一緒だった。

「お遍路さんの格好をするんなら、女性のほうが、周囲に、安心感を与えると、思いまして、北条君にも、来てもらいました」

と、西本が、十津川に、いった。

「それじゃあ、われわれも、お遍路の格好を、しようじゃないか」

十津川は、四人を連れて、売店に行き、全員の衣装や杖などを、買い求めた。

その後、今日一泊する旅館に入り、改めて、明日からの、行動の打ち合わせをした。

十津川は、余分にもらっておいた、徳島県の地図、二十三カ所の、札所の寺の場所や、簡単な、説明がしてあるものを、西本たち三人にも渡した。

「今日、中央プロダクションが、明日からのゲームについて、説明したが、東京の捜査本部に、かかってきた殺人予告の電話のことは、一言も、いわなかった。同じ電話が、中央プロダクションに、かかってきているのかどうかは、分からない。私は、万一に備えて、第一番札所から、第二十三番札所までのルートを、警戒することにした。私と亀井刑事が、順打ちルートを行き、西本刑事たち三人は、第二十三番札所から、第一番札所に向かう逆打ちルートを行き、それぞれ、A子、B子の二人の警戒に当たろう」

「警部は、あの電話が、実行されると思っていらっしゃいますか？」

と、西本が、きく。

「それは、分からないが、万一に備えたいんだ。狙われるのは、二人の選手、公募したA子、B子さんの、どちらか、あるいは、全く、別の人間が、このお遍路ゲームの途中で、狙われることも考えられる」

「犯人が、お遍路の途中を、狙うとしたら、簡単だと、思われますか？」

と、きいたのは、日下刑事だった。

「今は、お遍路の、季節だからね。一般のお遍路さんも、自由に、同じルートを歩いていると、思わなければならない。それを止める権利は、テレビ局にも、中央プロダクションにもないからね。それに、お遍路の格好をすれば、風景の中に溶け込んでしまうから、誰も、警戒しないだろう。犯人が、お遍路の姿で標的、例えば、A子、あるいは、B子に近づいたとしても、誰も、不審には思わない。従って、犯人にとっては、簡単な行為だと、思わざるを得ないんだよ。当然、われわれの、警戒も、難しくなってくる。それは、今から覚悟しておいてもらいたい」

「この地図や、説明を読むと、歩くのが易しいルートもあるし、難しいルートもあるようですね」

北条早苗が、十津川に、きいた。

「主催者が、説明していたが、このルートの中で三カ所、いわゆる遍路ころがしと呼ばれる難所がある。一に焼山、二に鶴林、そして、三が太龍と、お遍路仲間では、いうらしい。つまり、この三つのお寺に行く間の道が、山道で、かなり険しいらしいのだ」

「そこで、犯人が、誰か狙う可能性もありますね」

日下が、これも地図を見ながら、いった。

「本当は、前もって、第一番札所の霊山寺から第二十三番札所の薬王寺まで、実際に歩いてみて、犯人が、どこで、狙うかの予想を、立てるのがベストだが、残念ながら、もう時間がない」

「四国八十八カ所の、参考資料を読んで、分かったのですが」

と、西本が、いった。

「各寺には、本堂と、大師堂があって、本堂のほうには、その寺の、ご本尊、お釈迦様や薬師如来が、祀られている。大師堂のほうには、この八十八カ所を開いたといわれる弘法大師が、祀られているんですね。だから、お遍路さんは、この両方をお参りすることになります」

「なるほど」

「それから、お寺には、鐘がありますが、それを撞《っ》く時が、問題だと、参考資料には、書いてありました」

「確か、鐘を撞くのは、山門を入ってすぐがよくて、帰りしなに、撞くとよくないといわれているらしい。中央プロダクションの話によると、その点も、しっかり見ていて、もし、二人の選手が、間違った鐘の撞き方をしたら、容赦なく減点するといっていた」

「どうして、寺の鐘は、参拝前に、撞くのがいいんですか？」

と、日下が、きいた。

「鐘を撞くのは、ご本尊や、あるいは、弘法大師に、来てもらうため、だから、参拝の後に撞くのはよくないと、いうらしいんだが」

十津川は、答えたが、あまり自信がなかった。何しろ、初めての、四国八十八カ所巡りだったからだ。

5

翌日の早朝、逆打ちのコースを、回ることになっている西本、日下、そして、北条早苗の三人は、第二十三番札所の薬王寺に、向かって、車で出発した。

第一番札所からの順打ちのコースを警戒に当たる十津川と、亀井の二人も、お遍路の衣装を、身につけた。わらじは無理なので、足のほうは、スニーカーである。

「不思議なものですね。白装束で菅笠をかぶり、手に、杖を持つと、何となく、身が引き締まってきます」

亀井が、そんな殊勝なことを口にした。

「同感だ。やっぱり、服装が、精神を改めるのかな」

柄にもなく、十津川も、そんなことを、口走った。

時間が来て、二人は、旅館を出ると、第一番札所の、霊山寺に向かった。

山門の前に来ると、これも、お遍路の姿をしたA子が、山門の前に立ち、そのそばに、中央プロダクションの、佐野清美が、ストップウォッチを、持って立っていた。

清美は、携帯で、第二十三番札所のほうにいる同じ中央プロダクションの社員に、連絡を取っていた。

「そちら、用意はできていますか？」

清美が、きいている。

「それでは、私が合図をしますから、そうしたらB子さんに、薬王寺の山門を、くぐらせてください」

清美は、今度は、ストップウォッチに目をやった。

そんな二人を撮影しているテレビ局のクルーもいる。

「三、二、一、はい、スタート！」

清美が合図を送った。

こちらでは、お遍路姿のA子が、背中を押されるように、山門をくぐっていく。

十津川と亀井も、その後に続いて、霊山寺に入った。そのほかにも、七、八人のグループの、お遍路が、ゾロゾロと、山門をくぐって入っていく。

確かに、今は、お遍路に、最適な季節なのだ。

A子は、本堂を参拝し、その後、大師堂に向かう。そして、納経帳に、寺の墨書と朱印をもらって、霊山寺を出て、第二番札所の極楽寺《ごくらくじ》に、向かった。

団体の中には、観光バスで、来ていて、それに乗って、第二番札所の極楽寺に移動する、お遍路もいるし、A子と同じように、遍路道を歩いて、極楽寺に向かうお遍路もいる。

A子に向かって、カメラを、向けている記者もいるが、彼もお遍路の格好をしていた。

第一番札所から、第五番札所くらいまでは、接近しているので、歩いても、それほど、時間はかからない。

第二番札所の極楽寺の境内には、弘法大師が植えたといわれる、長命杉《ちょうめいすぎ》がある。幹の太さ、数メートルという、大きな杉の木だった。

そのほか、本堂の石段の下には、仏の足の石と書いて、仏足石《ぶっそくせき》と呼ばれる、大きなマークのようなものがあった。

日本には、少ないが、タイなどの寺にはよくある、大きな釈迦の足といわれるマークである。

十津川が惹《ひ》かれたのは、無縁仏の墓だった。

昨日も、亀井と話をしたのだが、昔は、お遍路の途中で、死んでしまう人が、多かったらしい。特に、不治の病に、冒《おか》された人が、仏の救いを求めて、お遍路の旅に出る。その途中で、何人もの人が死んだらしい。そのお遍路さんの死を悼《いた》む、無縁仏の墓が各地にあるという。

この極楽寺には、宿坊があり、お遍路が泊まることができるが、もちろん、ここで、A子が、泊まるはずはない。

極楽寺に来たという証拠の朱印と、寺の墨書をもらうと、A子は、すぐ第三番札所の金泉寺《こんせんじ》に、向かって、歩き出していた。

金泉寺は、徳島平野の中にあった。

この寺の案内によると、昔、弘法大師が掘った、井戸があり、その井戸に、顔を映してみて、顔が映ると、長命になるという。また、黄金の霊水が泉から湧《わ》き出るといわれ、それが、金泉寺という名前の謂《い》われになっているとあった。

A子も、菅笠を取って、その井戸を、覗き込んでいる。彼女の顔が映っているかどうかは、分からなかった。

境内には、大きな、岩があって、それは、弁慶《べんけい》の力石と呼ばれている。源平合戦の時、弁慶が、持ち上げたという岩である。

A子は、時間が、気になるのか、そうした弁慶の力石などは、見ようともせず、サッサと、第四番札所の、大日寺《だいにちじ》に向かって、歩いていった。

それを見守りながら、

「彼女、張り切っていますね」

亀井が、小声で、十津川に、いった。

大日寺に行く途中は、細い谷間の道になっていて、覆《おお》い被さるように、木が、枝を差し伸べている。

十津川は、歩きながら、その枝に、何やら白いものが、いくつか、ぶら下がっているのに気がついた。

手に取ってみると、それは、白い紙だったり、ハンカチだったりするのだが、そこには、名前が、書いてあった。

「何ですかね、この名前は？」

不思議そうに、亀井が、きいた。

「私の想像なんだが、菅笠に同行二人と、書いてあるじゃないか。これは、弘法大師と二人で、お遍路の旅を、しているという意味だろう？　この八十八カ所を、回るのは、どこかで弘法大師に、会えるからだと、きいたことがある。だから、自分のことを、弘法大師に覚えてもらおうとして、お遍路道の、木の枝に、自分の名前を書いた紙やハンカチを結びつけて、おくんじゃないのかね？」

第一番札所を、出発してから、ここまで、まっしぐらに歩いてきたA子も、さすがに疲れたと見えて、大日寺の中で、石段に、腰を下ろして一休みしている。

その後、お接待の、お茶を振る舞われて、おいしそうに、飲んでいるのが見えた。

十津川と亀井も、お接待のお茶を並んで飲みながら、それとなく、A子の周辺を見回した。

この寺でも、団体の、お遍路が、ゾロゾロと歩いている。本堂で、お経をあげている声も聞こえてくる。

ここまでは、どの寺でも、その途中でも、呑気《のんき》で平和な光景が、繰り広げられていた。

「殺人が起こりそうな雰囲気は、全くありませんね」

亀井が、お茶を飲みながら、十津川に、いった。

お茶を飲み終わると、十津川は、携帯で、西本に電話をかけた。

「そっちは、どうなっている？」

十津川が、きくと、西本は、

「こちらのほうは、寺と寺の間の、距離が長いので、まだやっと、二つ目の寺、第二十二番札所の、平等寺《びょうどうじ》に到着したところです。この寺も、丘の上にあって、登るのが大変でしたが、着いてみると、太平洋が、一望できまして、なかなかいいところですよ。近くの海では、ウミガメが、産卵をするそうです」

西本が、呑気に、いった。

「B子は、どうしている？」

「薬王寺から、この、平等寺まで来るのに、歩き疲れたと、思うのですが、そんな様子は、少しも見せず、かなり、張り切っていますよ。今、平等寺を出て、第二十一番札所の太龍寺に、向かっています。太龍寺は、いわゆる、遍路ころがしの道にありますから途中で、一休みしてから、歩くんじゃないでしょうか？」

と、西本が、いった。

「君たちも、大変だな」

「確かに大変ですが、不思議なもので、お遍路の姿をして、歩いていると、何となく、清々《すがすが》しい気持ちに、なってくるんですよ」

「その点は、同感だ。亀井刑事も同じことを、いっているよ」

と、十津川が、いった。

6

さすがに四国というべきか、道の両側には、讃岐うどんの看板が、やたらに、目につく。

大日寺を出たところで、A子も、お腹が空いたのか、讃岐うどんの看板の出ている、食堂に入っていった。十津川と亀井の二人も、同じ店に入った。

中には、ほかに、四、五人のお遍路姿の人たちが、食事をしていた。

A子も、讃岐うどんを注文している。

十津川たちは、冷たい讃岐うどんを注文し、それに醬油《しょうゆ》をかけただけの簡単な、食事を取った。これがいちばん旨《うま》いと、十津川は思っている。

「今のところ、何も起きませんね」

亀井も、同じように、醬油をかけながら、十津川に、いった。

「この競争では、三回だけ、旅館もしくは宿坊に泊まることが、許されているんだ。合計、四日間あるんだよ。まだ、その初日だから、たとえ、犯人がいて、誰かを狙っているとしても、一日目は、何もせず、様子を見ると思うね」

と、十津川が、いった。

「それにしても、讃岐うどんというのは、旨いですね。醤油を、かけただけなのに、やたらに旨い」

感心したように、亀井が、いった。

食事を済ませたA子が、店を、出ていく。十津川と亀井の二人も、すかさず、料金を払って、店を出た。

この先が、第五番札所の、地蔵寺《じぞうじ》である。

この寺に入って、まず、目につくのが、大きなイチョウの木だった。説明によると、樹齢八百年の、イチョウの木だという。

A子に続いて、本堂に上がると、天井に、大きな、極彩色の天女の絵が描いてあった。その天女たちは、音楽を奏《かな》でているのだ。

しかし、その絵よりも、十津川の興味を、惹いたのは、羅漢様《らかんさま》といわれる像が、たくさん、並んでいることだった。

羅漢様というのは、仏になる前の、人間だといわれている。これもたぶん、信者が寄進したものだろう。

次の第六番札所の安楽寺《あんらくじ》は、田園風景の中にあった。田んぼや畑を、バックにして歩く、お遍路の姿は、よくポスターや、パンフレットなどでも見かける光景だ。

以前の、安楽寺の本堂は、火災で焼失してしまったので、現在の本堂は、火災に強いコンクリートで造られているという。

第一番札所の霊山寺から、この、第六番札所の安楽寺まで来ると、たいていの、お遍路は、ここで、一泊するらしい。安楽寺には、大きな宿坊もあり、ラジウム鉱泉の、大浴場もあるので、団体のお遍路さんは、ここで、泊まることにしている。

しかし、A子は、まだまだ、先を急ぐという感じで、次の、十楽寺《じゅうらくじ》に向かって、元気に歩き出した。

第七番札所の、この十楽寺は、やたらに、境内が広かった。その広さが、開放感を、与えるのか、十津川は、晴々とした、気持ちに、満たされていた。ともすれば、このお遍路の途中で、人が殺されるかも知れないということを、忘れてしまいそうな気がするのだ。

この十楽寺にも、宿坊があって、ここに、泊まって、朝早く出発する、お遍路が多いらしい。

しかし、A子は、朱印と墨書をもらうと、すぐ次の熊谷寺《くまだにじ》に向かって、歩き出している。

「彼女、普段から、かなり足を鍛えていますね」

感心したように、亀井が、いった。

「私たちも、東京に帰ったら、少しは、ランニングする必要があるね」

半分、本気で、十津川が、いった。

第八番札所、熊谷寺も、十楽寺と同じように、田園風景の中にあった。

お遍路を、まず、迎えてくれる仁王門《におうもん》は、三百年以上前に、造られたものだといわれている。

その、仁王門をくぐった後、やたらに、長い参道があって、その参道を歩いた後、今度は長い石段になる。それを、上がったところが、やっと本堂だった。

祀られているのは、千手観世音菩薩《せんじゅかんぜおんぼさつ》である。その本堂のそばには、大師堂があって、こちらには、もちろん弘法大師が祀られていて、お遍路たちは、最初に、本堂を参拝し、次に大師堂を、参拝して、弘法大師に、自分が来たことを告げるのである。

次の九番目の札所、法輪寺《ほうりんじ》も、また、田園の中にあった。昔は、野菜や米を作っていたが、今は、タバコの畑に、なっていた。

この寺に入って、まず目につくのは、釈迦の涅槃像《ねはんぞう》だった。四国八十八カ所の寺の中で、この法輪寺だけに、釈迦が寝ている姿の像が、ある。

境内には、面白いことに、民間人のやっている、茶屋があった。もちろん、商売としてやっているのだから、料金は、取るのだが、相手が、お遍路だと分かると、料金は取らないといった。そうしていれば、いつか、自分が死んだ時、極楽に、行けますからねと、茶店の主人が、十津川に、そういった。

どうやら、この第九番札所、法輪寺まで、来て、A子は、やっと、ここに宿泊することにしたらしい。

A子は、近くにある、旅館に入った。

十津川と亀井も、その旅館で、一泊しようとしたが、A子に同行したこれもお遍路姿の、カメラマンや新聞記者たちが、集まってしまって、部屋が、なくなっていた。仕方なく、十津川たちは、かなり離れた、旅館に泊まることにした。

夕食の後、十津川が、携帯をかけると、電話に出た日下刑事が、

「こちらのB子も、さすがに、疲れたと見えて、旅館に泊まるようです」

「それじゃあ、第二十一番札所の太龍寺は、もう、参拝が終わったんだな?」

「ええ、終わりました。大変でしたよ。太龍寺というのは、昔から西の高野山といわれるくらいで、山の中に、ありましてね。ロープウェイで行けば、簡単なんですが、今回のゲームでは、それが、許されていないので、B子も、険しい山道を歩いたし、

私たち三人も歩きました。次の、第二十番札所の鶴林寺も大変でした」

「分かっている。鶴林寺も、遍路ころがしの難所といわれているくらいだからな」

「そうです。長い坂道を、延々と歩きましたよ。ただ、長い山道を、歩いていると、途中に岩屋がありましてね。洞窟《どうくつ》に、なっているんですが、そこに、弘法大師の像が、立っているんです。つまり、長い山道を歩いてご苦労さん、弘法大師が、あなたを、迎えていますよということらしいんです。お遍路さんは、疲れ切っていても、その弘法大師の像を見ると、元気が、出るといわれているんですが、私たちはダメでしたね。弘法大師を拝んでも、疲れは、取れませんでした」

「B子は、どうしている？」

「さすがに、この、鶴林寺で疲れ切ったらしく、さっきも申し上げたように、この近くの旅館に、泊まることになりました」

「鶴林寺までの間に、何か、おかしなことは、起きなかったか？」

「今のところ、何も、起きていません。逆打ちをする、お遍路も多いし、お遍路姿の、中央プロダクションの社員が、さり気なくB子と一緒に歩いていたり、カメラマンや新聞記者がいても、みんなお遍路姿で、歩いていますからね。これでは、仮に、犯人がB子を狙っていたとしても、簡単には、手が出せないんじゃないですか」

「狙われているのは、何も、B子とは限らないんだ。その点を、よく考えて、注意深く見守っていてくれ」

十津川は、念を押した。

食事を済ませ、西本たちとの連絡も終えて、布団に、横になると、さすがに、足がだるかった。

第三章　遍路ころがし

1

お遍路ゲーム二日目の朝を、迎えた。

規則によれば、旅館に泊まった朝は、午前七時に、出発すると、決まっている。

順打ちのA子は、泊まった旅館で、早めの朝食を済ませた後、女将さんに頼んで、おにぎりを、作ってもらった。

昨日は、途中で讃岐うどんの店により、そこで、昼食を取ったのだが、それでは勝てないかも知れない。そう考え、頼み込んで、おにぎりを作ってもらったのだろう。おにぎりなら、歩きながらでも、食べられる。

A子が、お遍路姿になり、次の札所に向かって歩き始めると、同じようなお遍路の格好をした人たちが、A子と一緒に、歩き始めた。

その中に、十津川と、亀井の二人の姿もあった。どちらも、お遍路姿である。

四国八十八カ所、第十番札所、切幡寺《きりはたじ》に着く。標高百五十五メートルの、緑の中にある寺である。

三百三十三段の石段を登っていくと、本堂に着く。その石段の長さが、この寺の名物でもあるらしい。

A子は、最初のうち、駆けるようにして、石段を登っていったが、さすがに、途中で一息つき、その後は、ゆっくりとした足取りになった。

切幡寺という、名前の由来になった話が、この寺に、伝わっていて、弘法大師が、村の娘に布を所望すると、娘は、優しく機織《はたお》りの機械で織りかけの布を切って、それを、大師に捧《ささ》げた。

大師がそれに、感動したという話が、この切幡寺の名前の、由来になったといわれ、娘は、その後、観世音菩薩に、なったと伝えられている。

この寺の、いちばん高いところに、展望台があり、そこまで上がると、目の下に、平野が広がっているのだが、A子は、そんなことには構わずに、サッサと、お参りをすませて、次の第十一番札所、藤井寺《ふじいでら》に向けて、歩き始めていた。

吉野川に架かる橋を渡る。

藤井寺は、弘法大師が植えたといわれる藤の花で有名である。大きな藤棚があって、その季節になると、お遍路以外の人も藤の花を、観賞するために、この藤井寺にやって来ると、いわれている。

A子は、最初、旅館で作ってもらったおにぎりを、食べながら、歩くつもりだったらしいが、さすがに歩き疲れたのか、藤棚の下に、腰を下ろし、少し早めの昼食だったが、おにぎりを食べ始めた。

近くで、十津川と亀井も、旅館で作ってもらった昼食を、食べることにした。

「次は、八十八カ所の中で、いちばん大変だという、第十二番札所の焼山寺だから、彼女も少し、ここで休んで、英気を養ってから、行こうというんじゃないでしょうかね？　何しろ、焼山寺は、遍路ころがしとして、有名な寺ですからね」

と、亀井が、いった。

「遍路ころがしの話は聞いているよ」

「警部は、昨日、ずいぶん長いこと、電話をされていましたね？」

「東京に電話をしていた。三上《みかみ》刑事部長や、本多《ほんだ》捜査一課長と、話をしていたんだ。今回の四国お遍路殺人ゲーム、もちろん、殺人とは、いっていないが、そんな不安もてね。電話をして聞いてみたんだ」

「テレビ局も、番組を作っている中央プロダクションも、ただ単なる、ゲームだといっていますが、警部は、そう思っていらっしゃらないのですか？」

「何しろ、中央プロダクションの、最初の担当者だった井上美奈子が、遍路姿で、東京の深大寺で、殺されているんだ。単なるゲームとは、どうしても考えにくいよ」

「中央プロダクションでは、井上美奈子が殺されたのは、今回の番組とは、直接関係がない。個人的な、理由だろうと、いっていますね」

「その点は、痛《いた》し痒《かゆ》しだろうな。あの殺人事件のせいで、視聴率が、上がるから、会社としては、嬉《うれ》しいかも知れない。しかし、そうはいっても、殺人事件だからね」

「東京では、今回のお遍路ゲームについて、どんな噂が、立っているんですか？」

「それがだね、もちろん、表立っている噂ではないんだが、陰で、こんな話がささやかれているらしい。今回のゲームで、勝ったほうの女性に、一千万円の賞金が支払われる。それが引金になったのか、このゲームを、賭《か》けの対象にしているグループがいるらしい。A子とB子のどちらが勝つか、それに賭けているんだそうだ。賭博《とばく》捜査担当の刑事が、情報提供者から、聞いたらしい。真偽のほどは分からないがね」

「テレビで、放送するわけですから、賭けの対象としては、面白いんじゃないですか？　私も、どこかで、このゲームを、賭けの対象にする人間が、出てくるだろうとは思っていました」

「ほかにも、その刑事が、こんな話を聞き込んでいたらしいよ。この番組を、制作している中央プロダクションでは、A子とB子の本名を明かさないことにしている。ところが、誰かが、二人の本名とか、どこに住んでいるかとか、何をやっている人間かとかを、調べさせているという噂が流れているらしいんだ」

「誰が、何のために、そんなことを調べているんですかね？　われわれでさえ、一応、今回の番組と、殺人事件を切り離してみていますから、A子とB子については、調べていません」

「本多一課長の話では、おそらく、東京で、今回のゲームを賭けの対象にしている人間がいて、どっちに、賭けたらいいか、それを、知りたくて、A子とB子について、調べているのかも知れないというんだ」

「ところで、今のところ、A子とB子のどちらが、優勢なんでしょうか？」

「それを、調べてみようじゃないか」

十津川は、すぐ、逆打ちのB子と一緒にいる、西本刑事の携帯に、電話をかけてみた。

「そちらは、今、どんな具合だ？」

「今、第十九番札所の、立江寺《たつえじ》に来ているところです」

「昨日、B子は、第二十番札所の、鶴林寺に参拝しているから、今日は、まだ一つ目の寺に、着いたばかりということか？」

「そうです。何しろ、二十番札所の、鶴林寺から、立江寺までは、十五キロもありますからね」

「なるほど」

「今、着いたばかりなのに、B子は、立江寺を出て、次の、十八番札所恩山寺《おんざんじ》に向かって、もう、歩き始めました。立江寺まで、時間がかかったことを気にしてか、歩きながら、旅館で作ってもらった、おにぎりを食べている様子ですね」

「雑誌で読んだんだが、十九番札所の立江寺には、黒髪堂の話があるだろう？　確か、夫を殺したお京という女が、立江寺に逃げ込んだら、お京の髪が、鐘に絡《から》みついて、動けなくなった。そういう話が、立江寺にはあるというのだが、B子は、そんな話には、関心がないみたいかね？」

「そうですね。関心がないみたいですね。とにかく、今は、次の、恩山寺に向かって、歩くことだけを考えているようです。逆打ちのほうは、寺と寺の間の、距離があるので、大変です」

と、西本刑事が、いった。

電話を切ると、十津川は、亀井に、

「こちらの、A子のほうが、今のところ、リードしているらしい」

「そうですか。A子のほうが、リードしていますか」

「何しろ、逆打ちだと、二十三番札所の薬王寺から、二つ目になる二十一番札所の太龍寺は、私が読んだ、四国八十八カ所巡りの参考書によると、遍路ころがしの難所のひとつといわれている。今でこそ、ロープウェイが、ついているが、今回のゲームは、歩き遍路で、ロープウェイは、使えないから、ここでまず、体力を、消耗してしまうんじゃないのかね。そして、次の、二十番札所の鶴林寺も、同じように、遍路ころがしの難所として有名だ。山道を登ったり、下ったりしたので、疲れ切ってしまったのだろう。それが響いて今日のB子は、スピードが遅いらしい」

「A子のほうは、ここまで、順調ですね。何しろ、途中までは短い距離の間に、寺が並んでいましたから。ただ、これから先は、大変ですよ。これから行く、十二番札所の焼山寺は、遍路ころがしの寺の中でも、いちばんの、難所といわれています。おそらく、ここで、スピードが、かなり落ちるんじゃありませんか？」

「そうだろうね。車が走る道路は、かなり整備されていて、車で行くのは、楽らしいが、何といっても、こちらのゲームは、歩き遍路だからね。ただ、今日は、春らしい陽気だから、その点は、救われるんじゃないか？」

十津川が、いうと、亀井は、苦笑しながら、

「A子よりも、われわれが大丈夫か、私には、そのほうが、心配ですよ。警部は、足には、自信がありますか？」

「自分じゃ、自信があるつもりだがね。これからの山道は、ほとんど歩いたことがないし、どういう道なのかも、分からないから、少し不安だよ」

と、十津川は、正直に、いった。

話しているうちに、昼食のおにぎりを、食べ終わったA子が、スピードを、上げて歩き出した。

彼女にも、これから向かう、焼山寺が、いわゆる、遍路ころがしと呼ばれる、大変なところだということが、分かっているらしく、いったん、立ち止まると、小さく、屈伸運動をしてから、また、歩き始めた。

A子が歩き出すと、急に、遍路姿の女性や男性が、前後するように、焼山寺に向か

って、歩き出した。

ここまでは、寺と寺の間の距離が短かったのだが、十一番札所の藤井寺から、十二番札所の焼山寺までは、十五キロの距離がある。その上、表通りではない、遍路道を歩くので、ほとんどが、山の中になっている。それも、登ったり、降りたりの、起伏の激しい道だった。

深い杉木立の中に入ると、周囲が、急に薄暗くなってくる。何しろ、標高八百メートルの、山腹にある寺なのだ。

山道での、疲れを癒《いや》すためなのか、ちょうど、焼山寺への中間まで、来たところに、弘法大師の像が、立っていた。

疲れたお遍路さんは、大師の像を見ながら、ここで、一休みし、元気を取り戻して、焼山寺に、向かうといわれている。

A子も、大師像のそばで、一息入れている。それを、少し離れた場所から、十津川と亀井が見守った。

「さすがに、彼女も、この険しい山道では、途中で一休みですね。それにしても、うまいところに、弘法大師の像が立っているものですね」

「昔の人たちも、この長い山道が、大変なことを知っていたんだ。だから、その途中に大師像を、造っておいて、疲れたお遍路さんは、ここで、大師から元気を貰《もら》うことに、なっているんだよ」

十津川が、いった時、一休みしていたA子が、また、歩き出した。

面白いことに、同じように、一休みしていたお遍路さんたちも、歩き出す。

次の瞬間、十津川は、銃声を聞いた。

深い木立の中の、重たい空気のせいか、ほかのお遍路は、誰も、気がつかないらしい。

しかし、亀井も気づいて、

「警部、銃声ですよ」

と、いった。

十津川が凝視すると、A子は、何事もなかったように、寺に向かって歩いて行くが、そのそばで、これも、お遍路姿の女性が、地面に、うずくまっているのが、見えた。

慌てて、刑事二人が、駆け寄っていく。

亀井が、女性を、抱き起こした。年齢は五十代半ばではないかと思える女性だった。

白装束の胸の辺りが、血で真っ赤に、染まっている。

十津川は、銃声のした方向に向かって、目を凝らした。

深い杉木立で、向こう側は、見えにくい。

それでも、その方向に、十津川は駆け出した。

十津川は、杉木立の中を百メートルほど入りこんだが、犯人は、すでに、逃げてしまったらしく、誰も、見当たらず、硝煙の臭いだけがたちこめていた。

十津川が、引き返してくると、異変に、ようやく気がついたらしいお遍路姿の男女が、亀井の周りに、集まっていた。

亀井は、携帯で、一一九番をかけたが、ここまで、救急車が来るには、時間がかかってしまうだろう。

問題のお遍路は、急所に、弾丸が命中してしまったらしく、五、六分もすると、脈が途切れてしまった。救急車は、間に合わなかった。

A子は、この異変には、全く気がつかず、一生懸命、焼山寺に向かって、歩いているらしい。

「死にました」

亀井が、十津川に向かって、いった。

十津川は、集まっている、お遍路姿の人たちに向かって、

「この中に、中央プロダクションの人がいるはずですが?」

と、いうと、お遍路姿の、若い男が、手を挙げて、

「中央プロダクションの新井《あらい》です」

と、いう。

「殺人が起きたんだから、中央プロダクションは、どうするつもりですか？」

と、十津川が、きいた。

「できれば、このまま、続けたいですね。何しろ、第一回目の放送は、十六パーセントを超す視聴率で、視聴者には、大変好評だったんですから」

「しかし、お遍路さんが一人、撃たれて、亡くなっているんですよ」

「確かにそうですが、この人は、今回のゲームの、参加者じゃありませんし、関係者でもありませんよ。おそらく、お遍路ゲームを見て、自分も、参加したくなってやって来た、野次馬ではないでしょうか？　参加者のA子さんは、すでに先に進んでいってしまっています。逆打ちのB子さんも、この事件のことは何も知らずに、歩き遍路でお寺詣《もう》でをしているはずです」

「しかし、私たちは、刑事ですからね。目の前で、人が殺されたとなれば、あなた方が、番組の制作に、支障が出るといっても、この事件を、捜査しないわけには行かないのです」

「もちろん、それは、そちらの思う通りにしてください。私は、会社に連絡を取って指示を仰ぎます」

新井は、東京の本社に連絡を取った後、十津川に向かって、

「テレビ放送を、中止するわけにはいきませんし、A子さんは、まもなく、焼山寺に着くでしょう。私たちも、彼女の様子を撮影しなければ、いけませんので」

と、いって、寺に向かって、走り出した。

それに続いて、二、三人の、遍路姿の男女が走っていく。いずれも、今回の番組の、関係者なのだろう。

県警の刑事が、到着したのは、それから、さらに四十分ぐらい経ってからだった。救急車も一緒だったが、もう病院に運ぶ必要はなくなった。

2

遍路姿で殺された、女性の遺体は、遍路道から、表の大通りまで、担架で運ばれていき、そこで、車に乗せられ、徳島市内の徳島警察署に向かった。

十津川は、この後も、また誰かが狙われるかも知れないと考えて、亀井を焼山寺に

向かわせ、A子を警護するよういって、一人で、徳島警察署に、向かった。

徳島警察署に捜査本部が置かれることになり、増田《ますだ》という警部に、十津川が、自分の見たままを、話した。

「あの遍路道の途中に、弘法大師の像が立っているんですが、その像のところで、一休みしてから、歩き出した時、私は銃声を聞いたんです。それは、同行していた、亀井刑事も聞きました。しかし、あの木立の中の、山道では、音がこもって、聞こえるためか、ほかの人たちは全く気がつかず、A子さんも、焼山寺に向かって、歩いて行ってしまいました。ほかに二、三人の遍路も、A子の後をついていったようです。私と亀井刑事は、道に倒れた、お遍路さんに駆け寄りました。亀井刑事が抱き起こした時には、胸の辺りが、真っ赤に染まっていました。私は、銃声のした方向に、急いで、駆けていったのですが、犯人はすでに逃げてしまっていました。その後、亀井刑事が一一九番したのですが、五、六分後に、被害者は、死亡してしまいました」

「じゃあ、テレビのお遍路ゲームは、まだ、続いているのですね？」

と、増田警部が、きく。

「中央プロの人間は、今さら止められない。それに、順打ちのA子は、すでに、十二番札所の、焼山寺に向かってしまっているので、放送を、続けたいと、いって、A子殺されていたんじゃありませんか？」

「そうです。東京の深大寺という寺の参道で、三月二十九日の夜、女性ディレクターが殺されました。私たちは、今回のゲームに絡んでの殺人と思っているのですが、番組を制作している中央プロダクションでは、東京の事件は、全くの、個人的な理由での、殺人であり、ゲームとは、何の関係もないといっています。だから、昨日から、このお遍路ゲームが始まっているんです」

「十津川さんは、今回の、お遍路ゲームを、中止すべきだと、考えていらっしゃいますか？」

「私としては、中止して欲しいと思っています」

「中止にすべきだという理由は、何ですか？」

「今回、射殺された女性ですが、A子のそばにいて、撃たれたのです。ですから、犯人が、どちらを、狙ったのかは、分かりません。A子を狙っていて、そばにいた女性に、間違って当たってしまったとすれば、犯人は、これからも、A子を狙うはずです。そうなれば、お遍路ゲームなど、やっていられません。そうなる恐れが、充分にあるので、私は、すぐに止めて、欲しいといったのですが、私は、所轄外の警視庁の刑事ですし、それに、今回の標的が、A子だという確信も、持てないのですよ。ですから、これが危険なゲームだと判断したら、徳島県警が、お遍路ゲームを、中止するように、命令されるのがいちばんいいと、思いますが」

「命令ですか。少しばかり、難しいかも、知れませんね。上司とよく相談してから決めます」

と、増田は、いった。

おそらく、テレビ局では、遍路姿の女性が、撃たれて、倒れたところは、放送しないだろう。

亀井刑事から、十津川の携帯に、連絡があった。

「A子ですが、今、お参りを済ませて、一休みしています。さすがに、十何キロもの道、それも、険しい山道ですからね。疲れたと思いますよ」

「ところで、A子は、殺人があったことを、知っているんだろうか？」

「おそらく、まだ、知らないと、思いますね。後から駆けつけた、お遍路ですが、明らかに、今回の、番組の関係者ですよ。彼等が、A子のことを、まるで、ガードでもするかのように、取り囲んでいますからね。そのため、私も、A子に話しかけられません。そんなことをしたら、中央プロダクションの人間に、袋叩《ふくろだた》きにあうんじゃありませんかね？　そんな、雰囲気ですよ」

中央プロダクションと、今回のお遍路ころがしを、放送しているテレビ局に対して、徳島県警から、今日の午後五時の時点で、いったん、ゲームを中止するようにとの申し入れが行われた。

問題は、狙撃《そげき》されて、殺された、お遍路の身許《みもと》だった。

この女性が、今回のお遍路ゲームとは、関係のないことが、判明したら、ゲームを、再開してもよろしいと、捜査本部長の名前で、テレビ局と、中央プロダクションに、連絡を取った。

徳島警察署に、設けられた捜査本部では、十津川たちも、参加して、被害者の身許を確認することから始めた。

被害者は、年齢五十歳から六十歳の間、身長百五十六センチ、体重五十五キロ。そして、白装束に菅笠、杖を持ち、足にはスニーカーを履いている。

ほかのお遍路と、同じ格好だったが、いくら調べても、身許を、証明するようなものが、見つからなかった。

捜査本部は、被害者の、身許確認のために、あらゆる方法を、取ることになった。

指紋は、すぐに、東京の警察庁に送られた。もし、被害者に、前科があれば、簡単に、身許が割れるだろう。

しかし、警察庁の返事は、前科者のデータには、該当者はいないというものだった。

普通、お遍路は、身許を証明するような運転免許証や、万一に備えての、健康保険証などを、首から提げる袋の中に、ロウソクや経本、線香などと一緒に入れておくものだが、この被害者の持っていた袋の中には、ロウソクや線香などは、入っていたが、運転免許証も健康保険証も、入っていなかった。もちろん、名刺も携帯もである。ひとつだけあったのは、ブランド品の財布で、中には四十万円もの大金が入っていた。そして、腕にはカルティエの時計、指にはダイヤの指輪が、はめてあった。そのことから、金持ちの女性だと推察された。

遺体は、司法解剖のために、大学病院に送られたが、その後で、増田は、十津川に向かって、

「こんなに、身許を証明するものがないというのは、意外ですね」

と、いった。

「被害者の持っていた袋の中には、運転免許証も、健康保険証も、入っていなかったそうですね？」

「そうなんですよ。それに、携帯電話も、持っていませんでした。普通なら、考えられないんです。たいがいのお遍路は、万一に備えて、携帯電話とか、健康保険証は、必ず持っていますからね」

「確かに、おかしいですね。一般的にお遍路さんは、歩き遍路ということで、途中で病気になったりケガをした時のために、健康保険証だけは、必ず、持参するという、意識があったはずですよ。被害者が、それを、持っていなかったというのは、どう考えても、おかしいですね」

十津川も、首を傾げた。

「疑問の第二は、果たして、狙われたのは、身許不明の、被害者なのか、それとも、選手のA子なのかと、いうことですが、近くにいた十津川さんは、この点を、どう思われますか？」

増田が、きいた。

「そのことを今、私も考えているのです。一緒にいた、亀井刑事とも確認し合ったのですが、焼山寺に行く山道の途中に、弘法大師の像が祀られているところが、あるんです。あの時、そこで、A子をはじめ、ほかの、お遍路たちも、一様に、一休みしていました。しばらくして、A子が立ち上がって、歩き出したのですが、その時、あの被害者が、急に、A子に近づいていった。私には、そんなふうに、見えました。次の瞬間、銃声がして、被害者が倒れたんです。亀井刑事も、同様の見方をしています」

「焼山寺の途中に、弘法大師の像が、祀ってあるのは、私も、よく知っていますよ。十一番札所の、藤井寺から、次の、焼山寺までは、十五キロあまりの険しい山道ですからね。ほとんどのお遍路は、あの弘法大師の像のところで、一休みするのです。今の十津川さんのお話によると、参加者のA子が、焼山寺に向かって再び歩き始めた時、被害者が、A子に近づいていった。そうですね？　これ、間違いありませんか？」

増田が、念を押した。

「私と亀井刑事が、二人の目で、見ていたのですから、間違いありません。確かに、被害者は、A子に向かって、近づいて行ったように見えましたよ」

「被害者が撃たれた時、A子と被害者との距離は、どのくらいだったんですか？」

「せいぜい一メートルくらいの、ものじゃなかったですかね。被害者は、A子に、近づいていって、何か話しかけたようにも、見えたんです。その瞬間、銃声がして、被害者が倒れたんです」

「そうですか、二人の距離は、一メートルくらいですか。手を伸ばせば、A子に、届くくらいの距離ですね」

「そうですね。確かに、手が、届くくらいの距離でした」

「だとすると、犯人が狙ったのは、被害者ではなくて、参加者のA子だったのかも知れませんね」

「その点は、私も、同感ですね。本当に狙われたのは、参加者のA子かも知れません」

「他に、何か、考えたことがありますか？」

「いろいろなことが、考えられますよ。警視庁が調べたところ、今回のお遍路ゲームに、関連して、A子とB子のどちらが勝つかの、賭けが行われていて、大きな金額が、動いているという噂があります。そして現在、順打ちのA子のほうが、逆打ちのB子よりも、優勢になっているようなんですよ。それを知って、大きな金を、B子に賭けている人間が、負けるのがイヤで、順打ちのA子を、狙って発砲した。しかし、その時ちょうど、被害者の女性が、A子に近づいていったので、弾丸が、被害者に、命中してしまった。そんなことも、考えられなくもありません」

「しかし、今回のゲームを、賭けの対象にして、自分が、負けそうになったので、片方の参加者を狙撃する。そんなことが、あり得るでしょうか？」

「それは、賭け金の、大きい小さいで、決まるでしょうね。今回のゲームの、テレビ番組では、勝った選手に、一千万円が贈呈されることになっています。東京では、もっと大きな賭け金が、動いているのではないかという噂があるそうです。もちろん、証拠は、ありませんが、そういう噂が、流れている。もし、その賭け金が、五千万円、あるいは、一億円ということになっていれば、負けるのがイヤで、順打ちのA子を狙撃することは、充分考えられると、思うのです」

と、十津川は、いった後、逆に、増田に対して、

「増田さんは、大きな疑問として、本当に、狙われたのは、A子ではなかったかといわれましたが、ほかにも、疑問があるんでしょう？　それを聞かせてもらえませんか？」

「もう一つの疑問は、A子とB子の名前についてなんです。主催者の中央プロダクションでは、本名を、明かしてしまうと、どちらの応援団も、自分の選手を、勝たせようとして、無理をしてしまうのではないか？　不正を働いてしまうのではないか？　それが、心配なので、放送中は本名を明かさず、A子、B子とする。そういっていますが、どうしても、心配なら、A子、B子という身も蓋《ふた》もないような仮名にしないで、もっともらしい名前、例えば、A子のほうは、弘法大師にちなんで弘田法子《ひろたのりこ》、B子のほうは、空海にちなんで大空美海《おおぞらよしみ》といった名前に、したほうが、ゲームとしても、も

っと、面白くなるんじゃないでしょうか？」

「その点、同感ですね。それに、警視庁からの、連絡によると、誰かが、A子とB子の身許調査を、やっているらしいというんです」

「警察でも、テレビ局でも、プロダクションでもない人間が、そんな調査を、やっているというのですか？」

「たぶん、このゲームに、大金を賭けた人間、あるいは、グループかも、知れませんが、その連中は、五千万円か一億円、あるいは、ひょっとするともっと大きな金額を、このゲームに、賭けているのかも知れません。そういう賭けに参加する人間が、A子、B子では分からないので、二人の選手の身許を、調べようとしているのではないか。つまり、A子、B子というのは、いったい、誰なのか？　どんな女性なのか？　例えば、高校や大学の時に、陸上部に所属していたとか、水泳の選手だったというようなことを、調べて、どっちが、勝てそうかを知りたいと思うのが、普通だと思いますからね。一億円も二億円も賭けていれば、負けるのがイヤだから、A子やB子のことを、詳細に調べようとするのは、充分に、考えられます」

「今、十津川さんが、いわれた大きな賭け金が動いているとか、その連中が、A子やB子のことを、調べているというのは、どこから来た情報なんですか？」

「警視庁捜査二課からの情報です」

「それは、信頼の置ける情報なんですか？」

「真偽のほどは分からない情報だと、思っています」

「十津川さんたち、警視庁の捜査員が、今回のお遍路ゲームに、ご自分も、お遍路の格好をして参加されていたのは、今回のような事件が、起きるのではないかと、予見されて、おられたからですか？」

「予見していたというよりも、正確にいえば、不安を感じていました」

「と、いいますと？」

「理由は、二つあるんですよ。一つは、東京の深大寺の参道で、お遍路の姿をした女性が、殺されたことです。前にもいいましたが、その女性は、今回の番組というか、ゲームを、担当している井上美奈子という、中央プロダクションのディレクターでした。テレビ局も中央プロダクションも、井上美奈子というディレクターが、殺されたのは、あくまでも、個人的な理由からであると断定して、この番組を、始めてしまいましたが」

「もう一つの理由は、何ですか？」

「これは、内密にしていたのですが、私たちは、東京での、殺人事件の捜査を始めていました。その捜査本部に、男の声で、電話が入りましてね。お遍路の最中に、人が死ぬ。電話で、男は、そういったんです。東京駅構内の公衆電話から、その電話が、かけられたことは分かったのですが、それ以外に、男のことは、何も分かっていませんね」

「どうして、その、脅迫電話のことを、テレビ局や中央プロダクションに、いわなかったんですか？」

増田が、いうと、十津川は、小さく笑って、

「テレビ局も、中央プロダクションも、今回のお遍路ゲームを、やりたくてやりたくて、仕方がないんですよ。そんな相手に、対して、捜査本部に、脅迫電話があったといったって、そんなものは、誰かのイタズラだと、決めつけて、中央プロダクションや、その番組を放送するテレビ局も中止しないだろう、そう思ったんです。ですから、中央プロダクションにも、テレビ局にも、この脅迫電話のことは、話しませんでした」

「十津川さんに、お聞きしたいのですが、東京で、お遍路姿の女性が、殺され、そして、今度また、お遍路姿の女性が、殺されました。その途中に、警視庁の捜査本部に、脅迫の電話がかかった。この三つの関連性を、どのように、考えておられるんです

か？　同一犯人によるものと、考えておられますか？」

と、増田が、きいた。

「そうですね。同一犯人の、可能性五十パーセントと、見ています」

「五十パーセントというと、ずいぶん低い数字じゃありませんか？　私なんかが、四国から見ていると、東京で、お遍路姿の中央プロダクションの、ディレクターを殺した犯人も、今回の、狙撃犯も、さらに、東京の捜査本部に、脅迫電話をかけてきたという男も、全部、同じ人間に、思えるんですが」

「だから、五十パーセントなんです」

「では、十津川さんは、五十パーセントをそんなに低い数字だとは、思っていらっしゃらないのですね？」

「ええ、そうです」

「同一犯人ではない可能性も、五十パーセントある。そう、思われているわけでしょう？」

「ええ、そうです」

「その根拠は、何ですか？」

「三月二十九日の夜、東京深大寺の参道で、井上美奈子という、ディレクターが殺されました。お遍路の格好をしてです。この殺人は、明らかに、今回のお遍路ゲームに絡んでの殺人だと、私は、断定しました。ほかに考えようが、なかったからです。しかし、テレビ局も中央プロダクションも、これは、あくまでも、個人的な理由による殺人だから、四月二日からの、お遍路ころがしという番組には、何の支障もないし、中止する考えもない。そう、はっきりと、いいました。しかし、それは間違っていますね。私の目から見れば、井上美奈子の死は、明らかに、今回のお遍路ゲームに、絡んでいるのです。次は、東京の捜査本部にかかってきた男の脅迫電話ですが、この電話の主は、井上美奈子を殺した犯人とは、どうも、ピッタリ一致しないのです」

「どんなところがですか？」

「犯人の目的です」

「しかし、殺すということでは、一致しているんじゃありませんか。もちろん、その電話の時点では、片方は、まだ実行されていませんが」

「深大寺で殺された女性は、お遍路の格好をしていました。殺人だから、警察も動くし、マスコミも報道します。その上、被害者が、あの番組のディレクターだから、誰もが、その番組との関係を考えます。当然、関係者は、不安を感じます。それでも、番組は始まるんですが、電話の男は、違うのです。なぜか、われわれ、捜査本部に、殺人予告めいた電話をかけてきましたが、テレビ局にも、中央プロにも、電話していないらしいのですよ。新聞社にもです。深大寺の件は、殺すという犯人の強烈な意志を感じますが、電話の方は、それが、全く感じられないのです」

と、十津川は、いった。

その日の夕方になって、司法解剖の結果が、捜査本部に、報告されてきた。

死因や死亡時刻などは、十津川と亀井が、被害者のそばにいたから、分かっている。

十津川が知りたかったのは、使用された銃のことだった。

司法解剖の結果によれば、弾丸は、心臓に命中し、体内に、留まっていたという。

使用されたのは、猟銃と思われ、摘出された弾丸は、散弾ではなくて、シカやイノシシ、あるいは、クマなどの、大きな獣を倒すために用いる強力な、弾丸だという。

薬莢《やっきょう》の火薬も、そのために普通の弾丸よりも量が多く、犯人が自分で、調合したものと思われるとあった。

大きな獣でも、倒せるほどの弾丸が使われたということは、一発で、狙った人間を殺すつもりだったのだろう。

「これから考えて、精巧な、猟銃が使われ、犯人はかなり、熟練した腕を、持っていたと思われますね」

十津川が、いうと、増田警部は、

「弾丸は、被害者の心臓に、命中していたんですか？」

「そうです」

「それは、おかしいですね」

「どこが、おかしいのですか？」

「犯人は、何メートルの距離から、被害者を撃ったのか分かりますか？」

「約百メートル」

「どうして、そんな数字が、分かるのですか？」

「銃声がして、被害者が倒れた後、私は、銃声がした方向に走っていきました。そして、約百メートルのところに、硝煙の匂いが残っていたんですよ。薬莢は、見つからなかったから、おそらく、犯人が、持ち去ったんでしょう。そこまでの、距離が約百メートルだったのです」

「約百メートルの距離から撃って、心臓を撃ち抜くというのは、相当な、腕じゃありませんか？」

「そうですね。かなりの腕だと、思いますね」

「そうすると、ちょっと、おかしいんじゃありませんか？　犯人は、百メートルの距離から、被害者の心臓を撃ち抜くほどの、すごい腕を持った人間だし、銃にも詳しそうだ。おそらく、人間を、撃ったことはなくても、動物を撃ったことは、何回もあるんじゃありませんか？　そういう人間が、撃った。ところが、われわれは、A子を殺そうとして、あやまってそばにいた、被害者に、命中してしまったと、考えているわけでしょう？　十津川さんのいうような、腕のいい犯人が、そんなヘマをするでしょうか？」

「つまり、増田さんは、犯人は最初から、A子を狙ったのではなくて、被害者を狙ったと、そういいたいわけですか？」

「いけませんか？」

と、増田が、いう。

十津川は、ニッコリして、

「実は、私も、あなたと、同じようなことを考え始めているんですよ。私も最初は、犯人は、A子を狙ったが、弾が逸れて、被害者に当たってしまったと思っていました。しかし、司法解剖の結果や、百メートルの地点から撃ったことなどを、考えると、どうやら、犯人の狙いは、最初から、身許不明の被害者を殺すことに、あったのではないかと、そう考えるようになりました」

「十津川さんと私の考えが、一致したのは嬉しいのですが、奇妙なことが、いくつもありますね」

「一つは、被害者が、身許不明ということですか？」

「そうです。普通、身許不明の、被害者というと、たいてい、犯人が、その身許を隠すために、身許を証明するようなものを全て持ち去ってしまうわけです。しかし、今回の犯人は、百メートルの距離から、被害者を撃ち、逃げ去りました。犯人が、被害者から、身許を証明するものを、持ち去ったわけじゃない。あの被害者は、最初から、そうしたものを、何も持っていなかったということになりますが、果たして、そんな人間がいるでしょうか？

私は、徳島の人間ですから、お遍路については、少なくとも、十津川さんより詳しいと、思うのです。お遍路の心得のようなものがありましてね。白装束に菅笠、それに、杖などで、お遍路の姿に、変わっても、途中で病気になったら困るので、健康保険証だけは、必ず持っていくのが、常識だといわれているのです。それに、今の人は、たいてい、運転免許証とか、携帯電話を、持っていますよね？　それなのに、なぜ、あの被害者は、そうしたものを、何一つ、身につけていなかったのでしょうか？」

「そうですね。ホームレスの中には、身許を、証明するものを、何一つ、持っていな

第三章　遍路ころがし

い人もいます。しかし、あの被害者は、違います。司法解剖の結果の、報告書の中に
も、書いてありましたが、年齢五十代半ばで、肉体労働を、したことがない。手の指
や、足の爪先などは、常に手入れをしているように、きれいで、柔らかいと書いてあ
るのです。おそらく、普段の生活では、贅沢を、していたのではないか？　そして、
体の美しさを、保つために、エステに通ったり、美容院にも、週に一回くらいは、行
っていたんじゃないのか？　私は、そんなふうに、思うんですよ。

　そういう、リッチな女性が、身許を証明するようなものを、何一つ持っていない。
これは、どう考えてもおかしいですよ。普通に考えるならば、健康保険証ぐらいは持
っているでしょう。それなのに持っていたものは、四十万の大金と腕時計そして指輪
だけですからね」

「とすると、なんらかの事情があって、お遍路姿になる時、腕時計と、指輪以外は、
置いてきてしまったとしか、思えません」

「もし、何か、大変精神的な、あるいは、肉体的な、痛みや苦しみがあって、一念発
起して、歩き遍路を希望して、第一番札所からずっと、歩いてきたのなら、普段の生
活で身につけていたものを、全部、自宅に置いてきたということも、考えられます。
もうひとつ、考えられるのは、被害者の女性が、お遍路に急に参加する必要があって、

時間的、精神的余裕がなく、あのお金だけを持ってきた場合です」

その日の捜査会議は、謎ばかりが残って、ほとんど、その答えが見つからないままに、終わってしまった。

3

徳島警察署での、第一回の捜査会議が終わった後、十津川と亀井は、近くの食堂で、夕食をとった。

「徳島県警は、第九番札所の、法輪寺のそばにある旅館やホテルを、片っ端から、調べるようですね」

亀井が、十津川に、いった。

「もう、始めているよ。順打ちのA子は、昨日、法輪寺の近くの、旅館に泊まっている。もし、あの被害者が、A子を追いかけていたのだとすれば、A子と同じように、法輪寺の近くの、旅館に泊まっていたはずだ。県警はそう考えているんだ。旅館に泊まれば、宿帳に住所と名前を、書かなければならなくなるからね。そこに、もし、偽名であっても、何かがあれば、手掛かりに、なるんじゃないかと、私も、期待しているんだ」

　十津川が、いった。

　二人の食事が終わった頃、県警の増田警部から電話が入った。

「今、法輪寺周辺の旅館を、全部、調べ終わりました」

　増田は、あまり、元気のない声で、いった。

「あの被害者は、法輪寺周辺の旅館には、泊まっていないのでしょう？　違いますか？」

　十津川が、聞くと、増田は、さらに元気のない声になって、

「分かりますか？」

「増田さんの声に、元気がない。それで、すぐに分かりました」

「そうなんですよ。A子と一緒に、このゲームを、楽しみながら、遍路をしている人の中には、彼女と同じ旅館に、泊まっている人も多いんですが、あの被害者は、どの旅館にも、泊まっていないんです」

「あの被害者は、遍路ころがしといわれている、焼山寺のあの山道を、A子の後ろにくっついて、ずっと、歩いていたわけですから、法輪寺の近くの、旅館に泊まったはずです。そうでないと、おかしなことに、なりますよ」

「私も、そう思っていますが、しかし、いくら調べても、法輪寺周辺の旅館に、あの被害者が泊まった形跡が、ないんですよ」

増田が、相変わらず、元気のない声で、いった。

「たぶん、あの被害者は、ずっと、自分の身許を、隠したいと考えながら、A子についてきたのではないでしょうか。旅館に泊まると、どうしても、身許が、バレそうになります。それで、敢えて旅館には、泊まらなかった。私は、そう考えますがね」

「しかし、旅館に、泊まらずに、どうしていたんでしょう？」

「おそらく、車に、寝ていたんじゃないかと思いますがね」

「しかし、被害者は、運転免許証を、持っていなかったんですよ。だとすると、車に寝泊まりしていたというのは、ちょっと、考えづらいですね」

「ああ、そうでしたね。いろいろと、考えてくると、やたらに、矛盾するところが、ありますね」

と、十津川が、いった。

「こちらは、少し離れた旅館や、あるいは、ホテルに、範囲を広げて、当たってみようと、思っています。徳島市内のホテルに泊まって、朝、タクシーで、焼山寺近くまで運んでもらう。そこで降りて、A子に、近づいていく。そんなことも、考えられますから。何か分かったら、またお知らせしますよ」

　そういって、増田は、電話を切った。

　電話が終わると、それを、待ちかねていたように、

「前から一つだけ、気になっていることがあるんですが、質問してもいいですか？」

　亀井が、遠慮がちに十津川を見た。

「構わないが、私に答えられるかどうか、分からないよ」

「三月二十九日に、東京の深大寺の参道で、夜、殺された、中央プロダクションの井上美奈子と、今回、焼山寺の参道の近くで、射殺された、身許不明の被害者の二人を殺した犯人は、同一人物でしょうか？」

「私は、その可能性が、かなり高いと思っているが、殺しの動機が分からないんだ。悔しいがね」

　と、怒ったような口調で、十津川が、いった。

第四章　動機の解明

1

番組を放送しているNテレビから正式に、徳島県警本部長宛《あ》てに文書が届いた。

それには、こうあった。

「当テレビ局が、四月二日、三日に放送した『お遍路ころがし』は、予期せぬ事件によって四月三日午後五時現在で、中止せざるを、得なくなりました。

これは、徳島県警本部からの要請により、やむなく、一時中止したものでありまして、その後、多くの視聴者から、続行を求める声が、当テレビ局に、集まっています。

また、当ゲームの勝敗も、まだ決着がついておりません。

視聴者からの要望があり、また、スポンサーからも、強い要望がありますので、少なくとも二日後に再開させていただきたく、文書でお願いいたします。

当方で調べた限りでは、四月三日、徳島県下の、藤井寺と焼山寺の間で、射殺された女性は、私たちが放送している『お遍路ころがし』とは、何の関係もない女性であることが、ほぼ、確実になりました。

問題の『お遍路ころがし』の関係者全員に、問い合わせたところ、被害者の女性について知っている者は、皆無でした。

このことから考えても、今回の事件が、私たちNテレビが放送している『お遍路ころがし』とは、何の関係もないことがお分かりになると思われます。

犠牲者は当番組と無関係であることを、強調するのは申し訳ないと思いますが、今日から二日後に、一時中止している番組を、再開しませんと、当テレビでは、一億二千万円の損害になると、計算されています。

もし、そちらの捜査へ、こちらの放送が、支障を来さなければ、是非、二日後の、放送再開を、許可していただきたいのです。

Nテレビ」

これが、徳島県警の本部長宛てに届いたNテレビからの、文書だった。

県警本部長は、ただちに、捜査会議を開いて、事件を、担当している増田警部、そして、警視庁から徳島に来ている十津川たちの意見を、聞いた。

県警本部長の名前は岡本《おかもと》である。本部長になって、三年になる。

岡本は、Nテレビから来た文章を、コピーして、集まった刑事たちに渡し、皆がそれを読んだ後、

「われわれが、Nテレビのいいなりになる必要はない。しかし、だからといって、理由もなく、テレビ局の、業務を阻害するつもりもない。増田警部に聞きたいのだが、現在、焼山寺に行く途中で、射殺された遍路姿の女性について、捜査をしているわけだろう？　捜査は、どの程度まで、進んでいるんだ？」

「残念ながら、捜査は、進展していません。理由は、一つしか、ありません。被害者の身許が、依然として、判明しないからです。今回のお遍路ゲームを放送しているNテレビの人間や番組を作っている中央プロの関係者にも、聞きましたが、いずれも、被害者については、何も知らないといっております。また、マスコミにも協力を要請し、今回の被害者について新聞に記事を載せ、もし、この女性に、心当たりのある人がいれば、すぐ、警察に名乗り出て欲しいといっているのですが、未だに、何の反応

もありません。被害者の身許が分かれば、自然に容疑者も、浮かんでくると思うのですが」

と、増田が、いった。

「被害者の身許が、分からない理由を、君は、いったい、どう解釈しているのかね？」

「前にも、申し上げましたが、お遍路に参加をする人たちというのは、万一に備えて、健康保険証、自動車運転免許証、あるいは、名刺などといった身許を、証明するものを必ず持って参加するものなのですが、なぜか、この被害者は、そうしたものを、何一つとして身につけていないのです。この被害者は、徳島県の人間ではないような、気がするのです。おそらく、他県の人間でしょう。そのため、余計に、身許が分からないと、私は考えています」

「しかし、彼女を殺した犯人が、そうした身許の分かるものを、奪い取っていったというわけではないんだろう？」

「その通りです。彼女が射殺された時、ここにおられる、警視庁の方が、そばにいて、すぐに、駆けつけています。その間に、彼女を射殺した犯人は、逃げ去ったのですから、被害者から、身許を証明するものを、犯人が持ち去る時間は、全く、なかったわけです」

「先日の捜査会議の時も、私は疑問を呈したのだが、どうして、あの被害者は、身許を証明するものを、一つも持っていなかったのかね？」

「それも不明です。何か理由があると、思うのですが、理由が、考えつきません」

「二日後に、番組を再開させて欲しいと、Nテレビからいってきている。もし、今回の殺人事件が、Nテレビのやっているお遍路ゲームに、何らかの関係があるとすれば、番組の再開は、許可できない。それで、改めて聞くのだが、今回の殺人事件は、テレビがやっているお遍路ゲームと、何らかの、関係があると思うかね？　それとも、全く、無関係だと思うかね？　そこが、はっきりしないと、この文書に対して、回答ができない」

岡本本部長が、いった。

「それも、被害者の身許が、分からないので、何とも、判断しかねております」

「どちらとも、判断が、つかないのかね？」

「大ざっぱにいえば、五十パーセント関係があり、残りの、五十パーセントが関係なしです」

「事件の関係の有無が半々なんて、そんな返事をNテレビにできるかね？　それは、回答しないのと同じだ」

「私も、その通りだと思います。番組の再開を、二日後にしたいと、Nテレビでは、いっているわけですね？」

「ああ、そうだ」

「それまでに、被害者の身許が分かれば、何とかなるとは思っていますが」

あまり元気のない声で、増田が、いった。

岡本本部長は、今度は、十津川に、目を移した。十津川は、

「私も、増田警部と同じで、被害者の身許が分からない限り、捜査の進展は、期待できないと思っています」

「被害者の身許が分からない理由については、どう思っているのかね？」

岡本が、同じ質問をした。

「殺された被害者が、身許を明らかにするようなものを、何一つ身につけていなかったのはもう、何回も、いわれているのですが、犯人が、奪い去ったものではありません。初めから、何も持っていなかったのです」

「しかし、普通のお遍路ならば、そういうものを持っていないのがおかしい。なぜ、被害者は、持っていなかったのかね？」

「それも、謎ですね」

「被害者は、どんな女性だと、十津川君は思うのかね？　ここに、彼女の身体特徴等が書いてあるが、身長百五十六センチ、体重五十五キロ、年齢五十歳から六十歳、そして、白装束、菅笠《すげがさ》で杖《つえ》、スニーカーと、普通のお遍路の姿をしている。こういう記述を見ると、極めて普通の、遍路だと思われる。四国の人間でなければ、例えば、東京や大阪といったところから、遍路になりたくて、やって来た普通の奥さんという感じがするのだが、十津川君は、どう思うかね？」

「私も、本部長と同じように、ごく普通の中年の女性だと思います」

「君から見て、被害者が、頭がおかしいとか、錯乱している女性とは、思えないんだろう？」

「ええ、その通りです。きちんと、遍路の姿もしていましたし、少なくとも藤井寺から焼山寺の間では、ほかの遍路とも、一緒に歩いているんです。ほかの遍路に聞いても、被害者が、おかしなことをいったり、変わった行動を、取ったりしたということは、全くないといいますから、ごく普通の女性だと思っています」

「四国八十八カ所巡りに憧《あこが》れた、普通の健康な中年の女性だと、思われるのに、どうして、健康保険証とか、運転免許証とか、名刺とか、あるいは、キャッシュカードとかといった、普通の遍路なら、必ず持っているものを持っていなかったのだろう？

十津川君も、おかしいと思うだろう？」

「非常に、おかしいと思っています」

「その理由について、君の考えが、聞きたいのだが」

「私も、増田警部と、同意見です。今もいったように、被害者は、普通の中年女性だと思われます。遍路姿をしていたのは、遍路に憧れていたからだと、私は、思っています。その点も、増田警部と同じです」

「肝心なものを、所持していなかった理由については、どう考えるのかね？」

「今も申し上げたように、極めて健康な普通の中年女性だと、思います。お遍路姿で巡礼する場合は、健康保険証などを持っていくべきだということは、当然、知っていたと思うのです。それなのに、そうしたものを何一つ、身につけていなかった。そうしたもの、健康保険証、運転免許証、名刺、キャッシュカードなどは、今回、持っていかないほうが、いいと、自分で考えたか、あるいは、急に、お遍路に興味を持ち、直接、見てみたいということで、とるものもとりあえず、お金と腕時計そして指輪だけ身につけて、慌てて、来たかの、どちらかだと思うのです」

「君の言葉通りに、受け取ればだね、被害者は、本人の意思で、必要な、健康保険証などを持ってこなかったか、あるいは、持ってくる余裕がなかったということだね？となるとだな、結局、前の疑問に、戻ってしまうんだよ。なぜ、そんなことをしたのかという疑問だ。これについての、十津川君の見解が、是非とも、聞きたいね」

「この件について、増田警部と、意見を交換したいと思っているのですが」

「それでは、別室で、増田警部と、話し合いたまえ。そして、その答えが出たら、またここに戻ってきて欲しい」

2

十津川は、増田警部と二人だけで、別室に移った。若い女性警官が、コーヒーを淹《い》れてくれた。

増田は、そのコーヒーを、口に運んでから、

「弱りましたね。本部長が、いった疑問ですが、それに対する答えは、まだ、持っていないんですよ」

「私も同様です」

十津川も、いった。

「じゃあ、どうするんですか？　ウチの本部長は、気が短いから、戻って、何の答えも、浮かびませんでしたといったりしたら、きっと、怒鳴《どな》られますよ」

「それでは、二人で相談して、こういうことも考えられるという、可能性を並べてみようじゃありませんか？」

十津川が、提案した。

「なるほど。こういうことが、考えられるということなら、自由に、考えられますからね」

と、増田警部も、賛成した。

「それではまず、さっき、十津川さんがいわれた言葉を、第一に、書いておこうじゃありませんか？　被害者が、健康保険証など、必要なものを、身につけていなかったのは、被害者自身の考え方によるか、何者かの、命令によるものである」

増田は、それを、ノートに書き取った後で、

「この命題を、参考にしながら、二人で、可能性を、考えていこうじゃありませんか？」

と、いった。

「まず一つ、可能性を挙げましょう」

と、十津川が、いった。

「被害者が、健康保険証などを持っていなかったのは、それを、誰かに貸してしまったからだとも考えられます。特に、写真の載っていない健康保険証は、年齢が、大体一致していれば、ほかの女性でも、使えますからね。被害者とごく親しい女性がいて、彼女は、被害者が遍路で回っている間、被害者の健康保険証を使って、消費者金融から、金を借りたり、あるいは、ほかのことに、使っているんじゃないのか？　だから、被害者は、健康保険証を持っていなかった。これなら、少しは、納得できるんじゃありませんか？」

「確かに、納得できる理由ですね」

増田は、そういって、ノートに、今、十津川がいったことを書き記した。

「それでは、私も、考えたことを、一ついいましょう」

と、増田は、いった。

「被害者は、自分が、警察に調べられることを予期して、わざと、身許を、証明するものを何も、持っていなかった」

「それは、犯人がということでは、ないでしょうね？」

「ええ、もちろん違います。被害者が、です」

「今、増田さんがいった条件に当てはまるとすると、こういうことに、なりますね。被害者は、遍路の一行に、加わっていたが、何かを企《たくら》んでいた。それは、ヘタをすると、警察に、逮捕されるようなことだった。そこで、万一、警察に、逮捕された時のことを考えて、初めから、自分の身許を、証明するようなものを持っていなかった。そういうことに、なりますね？」

「ええ、そうです」

「しかし、被害者が、いったい、何を企んでいたのか、その判断が、難しいですね。被害者は、何者かに、射殺されてしまったわけですから」

「自分で、何かを、企んでいたのかも問題ですが、誰かに、命じられて、何かを、しようとしていた。その時捕まってはまずい。自分自身のことも、分かってしまうし、命令者のことも、分かってしまう。だから、身許の分かるものは、身につけていなかった。そういうことも、考えられると、思いますね」

と、増田が、いう。

「ちょっと待ってください」

と、急に、十津川が増田を、さえぎった。

「何か、閃《ひらめ》いたのですか？」

「今、増田さんが、いったじゃないですか？　誰かの命令で、被害者は、歩き遍路の途中で、何かをしようと、していた。今、増田さんは、そういわれた、わけでしょう？」

「確かに、そうですが」

「私たちは見たんですよ。被害者は、撃たれる直前、焼山寺に向かったA子に、近づこうとしていた。その間隔が一メートルぐらいに、なった時、犯人によって狙撃《そげき》されて死亡した」

「ああ、覚えていますよ。確かに、被害者は、順打ちの参加者である、A子に近づこうとしていた。そういうことでしたね」

「被害者が、何かを企んでいたというのは、それじゃないかと、思うのですが」

「それというのは？」

「今回の遍路ゲームですが、A子とB子の勝ったほうに、一千万円が与えられる。Nテレビは、そう、発表していました」

「ええ」

「事件の起きた時点では、順打ちのA子のほうが、優勢だったそうですね」

「ええ、私も、そう聞いています」

「もう一つ、今回の遍路ゲームを巡って、莫大《ばくだい》な賭《か》け金が、動いているらしいという話も、聞いているんです。ひょっとすると、億単位の金じゃないかということです。ここに、A子ではなくて、B子に、賭けた人間がいるとします。ところが、藤井寺から、焼山寺に向かう途中では、A子のほうが、優勢だと見られていました。B子に賭けた人間にしてみれば、このままA子に、勝たれてしまうと、億単位の金を失うことに、なってしまう」

「なるほど、大金を、B子に賭けた人間がいて、その人間が、被害者に命じて、A子の邪魔をさせようとした」

「被害者は、大金を、B子に賭けたその人間が、あらかじめ、雇っていた女性だった。もし、途中で、A子のほうが優勢になったら、A子に近づいて、例えば、よろけた振りをして、A子に、抱きついてしまう。そして、二人で一緒に倒れて、A子の足を、見えないところで蹴《け》り上げる。何とかして、優勢なA子のスピードを、遅くさせる。そういう命令で、B子に賭けた人間から、被害者は、雇われていたのではないでしょうか？　こういう考え、どうでしょうか？」

「いいですね。なかなか面白い考えですよ。うまく、妨害ができなくて、警察に捕まった場合を、考えて、被害者の女には、身許を、確認できるようなものは、何も持たせなかったということですね。いいですね。これなら、ちゃんと筋が、通りますよ」

増田が、眼を光らせた。

「こう考えてくると、被害者を撃った犯人についても、何とか、犯人像が、描けるのではありませんか？　とりあえず、岡本本部長を納得させるのには、こう説明しておくのが、今のところ、いちばんでしょう」

十津川が、いった。

「そうですね。被害者が、誰かに、頼まれて、A子が負けるように仕向ける役目だったとすれば、被害者を撃った犯人は、逆に、順打ちのA子に、賭けていた人物に、頼まれていたのでは、ありませんか？　もしくはA子の勝ちに、大金を賭けていた人間に、被害者は、撃たれたのかも知れません。われわれ県警では、被害者が二日の夜、法輪寺の周辺のホテルか旅館に、泊まっているのではないかと、思っていました。何しろ、朝早く、歩き遍路として、出発していますからね。それで、周辺のホテルや旅館、民宿などを、徹底的に調べたのですが、被害者が泊まった形跡は、全くありませんでした。それで考えられるのは、車の中に、泊まったということなのですが、何しろ、被害者は、運転免許証を、所持していませんでしたからね。それで、困っていたのですが、彼女に、命令を出した人間が、自分の車に、二日の夜、被害者を泊まらせた。そう、考えることもできますね。いずれにしても、このストーリーを、本部長に、話してみようじゃ、ありませんか」

増田は、そういうと、勢いよく、立ち上がった。

3

改めて二人は、捜査会議に参加し、別室で考えたことを、増田警部が、岡本本部長に説明した。

岡本は、黙って聞いていたが、

「確かに、今の君の話は、納得させるものを持っている。しかし、その前提として、今回、Nテレビのお遍路ゲームに便乗して、そのゲームを、賭けの対象とした人間がいる。しかも、莫大な金が、それに、かかっている。そうした前提がないと、君たちが、せっかく考えたストーリーも、成り立たなくなってしまうんじゃないのかね？」

それに対して、十津川が、

「現在、今回のお遍路ゲームについて、東京に、残っている刑事や、あるいは、上司に話を聞いています。これは、まだ未確認ではありますが、Nテレビのお遍路ゲームを賭けの対象にして、億単位の金が動いている。そういう噂《うわさ》が、流れているといわれています」

「なるほど。東京で、そういう噂が、流れているとすると、君たち二人が考えたストーリーも、かなりの、信憑性《しんぴょうせい》を持ってくることになるね。確かに、今回のお遍路ゲームを使って、億単位の大金が、賭けられているとすれば、何としてでも、自分が賭けたA子なり、B子なりに、勝ってもらわないと、大きな損失を被ってしまう。どんな手を使ってでも、必死で、自分が賭けている参加者を応援するだろう。逆打ちの、B子に賭けた人間が、あらかじめ、被害者を雇っておいて、A子が優勢になったら、何とかしろと、命令を出していた。逆に、A子に賭けた人間は、銃を持った人間を、あらかじめ、雇っていたことになってくるのだが、この点も同意するかね？」

岡本県警本部長が、十津川を見、増田警部を見た。

「私も、増田警部も、その点は、同じ考えです」

と、十津川が、いった。

「何しろ、億単位の金が賭けられているのですから、順打ちのA子に、大金を賭けた人間は、A子が、優勢なうちは、何もせずに、A子の動きを、遠くから見守っていろと、犯人に命令していたに、違いありません。それで、犯人は、遠くから、見守っていたと思います。このまま、行けば、A子のほうが優勢だと、そう、考えていたと思うのですが、その時、突然、被害者が、A子に近づいていったのです」

「君たち二人に確認しておきたいのだが、今回のNテレビのお遍路ゲームに、何者かが、大金を賭けていた。A子に賭けたほうは、何としてでも、A子を勝たせなければならない。逆打ちのB子に賭けたほうは、何としてでも、B子を優勝させたい。それで、順打ちのA子に賭けたほうは、銃を持った人間を用意しておいた。B子に賭けたほうは、身許を確認できるようなものは、全く持たない中年の女性を、雇って、A子が優勢になったならば、よろけた振りをして、あるいは、倒れる振りをして、A子に抱きついて、妨害しろ。そう命じてあった。A子に賭けた人物に頼まれていた、銃を持った犯人は、A子が、優勢なので、何もせずに見ていたところ、A子に、抱きつこうとしている女性の、遍路を見つけて、とっさに、銃で撃った。こういうことになってくるんだが、これで、間違いないね？」

「ええ、その通りです」

十津川が、いい、増田警部も、うなずいた。

「参加者のA子とB子は、このことに、気がついていたのだろうか？　自分たちが、参加者になって、やっているゲームに、莫大な金が、賭けられていた。そして、A子は、自分を勝たせるために、銃を持った人間がいることを、知っていたのだろうか？　逆に、B子のほうは、A子が、勝ちそうになったら、それを妨害する人間が、あらかじめ、用意されていたことを知っていたのだろうか？」

岡本本部長が、また、二人の顔を見た。

今度は、増田が、答えた。

「その点についてですが、二人は、知らなかったと、思います」

「その理由は？」

と、本部長が、きく。

「二人が、銃を持った味方がいたり、身許を証明するようなものは何も持たないで、レースの邪魔をするような女がいると、分かっていれば、もっと、動揺を見せると思うのです。しかし、二人とも、そんな様子は全く見せませんでした。それどころか、自分たちのゲームとは、全く関係のない事件だというような、顔をしていました。ですから、被害者と、彼女を撃った犯人は、今回のゲームに大金を賭けた人間が、雇った人物であって、A子とB子は、全く、知らなかったと、私は思います」

「十津川君も、同じ意見かね？」

「私も、増田警部に、同感です。もし、そんなことを知っていれば、二人とも、平気で、各札所を回って歩けるとは、思えませんから。いつもビクビクしながら、周囲に、気を配っていたに、違いありません。ところが、そんな様子は、全く、ありませんでした」

「そうすると、A子とB子に聞いても、被害者の身許は、分からないな。もちろん、銃を撃った犯人もだが」

「そうですね。まず、分からないと思います。というより、分からないように、してあるんじゃないかと、思いますね」

と、増田が、いった。

岡本本部長は、うーんと一つ、咳払《せきばら》いをした後、

「これで、Nテレビに対する回答ができたよ。向こうは、今回殺された被害者はNテレビがやっているお遍路ゲームとは、何の関係もない人間だ。だから、再開させて欲しいといっているが、今、君たち二人の話を聞いていると、関係がないどころではなくて、関係大ありだ。だから、番組の再開は、事件が、解決するまでは許可できない。Nテレビには、そのように、伝えるつもりだが、突っ込まれて困るようなことはないかね？」

また十津川を見、増田を、見ながら、岡本本部長が、いった。

「ええ、そういう回答で、構わないと思います」

「困ることはないね?」

「おそらく、Nテレビのほうも、事件の真相については、何も分かっていないのだと思いますね。だから、突っ込まれることはないと思います」

十津川が、答えた。

4

徳島県警本部は、捜査会議の結論を得て、Nテレビに、回答書を送った。

回答書では、大きく、三つの問題点を、指摘した。

一 殺された被害者は、現在もまだ、身許不明のままであるが、逆打ちの、B子に賭けた側に加担する人物が、あらかじめ、雇っておいた女で、四月三日、A子のほうが有利に、展開してきたので、被害者は、指示されていた通りに、A子に、抱きつくか、あるいは、よろけた振りをして、押し倒して、A子にケガをさせ、お遍路ゲームを、B子側の勝ちに持っていこうとしていた。

二　その被害者を、射殺した犯人は、逆に、A子に賭けた側に雇われて、このゲームを、監視していた人間と思われる。A子が、有利にゲームを進めていたので、遠くから見ていたところ、第一項に掲げた女性が、問題の場所で、A子に近づこうとしていた。それを見て、このままでは、A子側に不利になると考え、あらかじめ用意しておいた、猟銃で撃った。

最初から被害者を殺すつもりだったかどうかは、分からない。単に、脅かそうとしただけかも知れない。

しかし、犯人が、A子側の人間であることは、断定していいと、思われる。

三　第一、第二の問題から考えて、被害者の女性も、被害者を撃った犯人も、お遍路ゲームに何らかの形で、組み込まれていたことは、間違いない。

したがって、この事件はNテレビが放送する『お遍路ころがし』が生んだ殺人事件としか、考えられない。

よって、事件が解決するまで、この番組を再開することは見あわせていただきたい。

徳島県警本部からの回答書を受け取ったNテレビでは、ただちに、一方的な回答に抗議するとともに、問題の番組を、制作している中央プロダクションに、何とかしろといった強硬な申し入れをした。

Nテレビは、このまま、遍路ゲームが、中止になってしまうと、少なく見ても一億円以上の損害が出ると、徳島県警本部に宛てた要望書に、書いたが、実際に一億円以上の損害を出すのは、Nテレビというよりも、番組を制作している、中央プロダクションなのだ。

中央プロダクションの、近藤社長は、かつて大手の、出版社に勤めていた。そこでは、いろいろと問題のあった、週刊誌の編集長をしたこともある。

近藤は、すぐ、広報部長の青木と、今回のお遍路ゲームの、ディレクターをやっている佐野清美を呼びつけて、

「今、Nテレビから、何とかしろと、強い口調で、私は文句をいわれた。このまま、あのお遍路ゲームが、中止になってしまったら、Nテレビからもらっている、制作費を全額返却しなければならない。そのことを、二人で、よく考えてみて、欲しいんだ。幸い、このお遍路ゲームは好評で、もし、今回の徳島篇が、高い視聴率を獲れたら、Nテレビのほうでは、次は高知県、第三に愛媛県、そして、第四として香川県をそれぞれ、舞台にしたお遍路ゲームを、ウチに、作らせるといっているんだ。全てうまく

いけば、それぞれ一億円以上の仕事になる。だが、こんなことで、ダメになったら、ウチにとって大損害だ。君たち二人、とにかく、どんな手を、使ってもいいから、なんとかしろ」

近藤が、二人を睨《にら》んで、いった。

「相手は、徳島県警本部でしたね？」

と、青木が、いった。

「問題の殺人事件が起きたのは、徳島県下だからね。徳島県警本部が、中止要請を出したし、今後、続行できるかどうかのカギを、握っているんだ」

「徳島県警本部は、なぜ、ウチのお遍路ゲームを、続行してはいけないと、いっているんですか？」

「それについて、Nテレビが、要望書を出し、今日、徳島県警本部から、回答書が来たといって、その回答書のコピーを、ウチに送ってきた」

近藤社長が取り出した、その徳島県警本部からの回答書に、青木は、ザッと目を通した後、

「われわれは、被害者の女性は全く知りませんし、まして、この女性を、射殺した犯人のことも、知りませんよ」

「私もです」

ディレクターの佐野清美も、いった。

「事件の被害者も、銃を撃った犯人も、突然、現れてきたんです。私たち中央プロダクションとは、何の関係も、ありませんわ。それなのに、どうして番組を中止しなければいけないのでしょうか？」

「だから、今からすぐ、君たち二人は、徳島に飛んで、徳島県警を、説得してくれ」

近藤社長が、厳命した。

二人は、その日のうちに、徳島空港に飛んだ。二人は、空港からタクシーで、徳島県警本部に向かった。

そこで、最初に会ったのは、警視庁の十津川と亀井の二人の刑事だった。この二人には、以前、青木は、東京で会っている。東京の深大寺で起きた、中央プロダクションのディレクター、井上美奈子の事件の時である。

「今回は、私たちの要望を、聞いてもらいますよ」

青木は、十津川に、いった。

「ゲームを、どうするかは、徳島県警本部の考え方に、よるからね。君たち二人を、県警本部長に会わせることはできるが、要望は、私一人の判断では、どうしようもない」

と、十津川が、いった。

「このまま、あの番組が、中止になってしまうと、ウチのような、プロダクションは、大変な損害を、被ってしまうんですよ」

「同じようなことを、Nテレビもいってきているよ」

「テレビ局のほうは、実質的には、それほどの被害を、受けないんですよ。本当の損害を受けるのは、私たちのような、実際に番組を制作しているプロダクションなんです」

「それは、直接、県警にいったらいい」

十津川に案内されて、二人は、岡本県警本部長に会った。

今回の殺人事件を、捜査している増田警部も、同席した。

「そちらからの回答書は、読ませていただきました。しかし、どうしても、納得できませんので、こうして、ディレクターの佐野清美と一緒に、東京からやって来たのです。今回、お遍路の途中で殺された女性ですが、あの女性と、私どもの会社とは、何の関係も、ありません。名前も知らないし、さらにいえば、その見知らぬ女性を、射殺した犯人のことなども、全く、知らないのです。ですから、何としてでも、このお遍路ゲームを、再開させて、いただきたいのです。さもないと、十津川さんにも、申し上げたように、とんでもない額の損害を、会社が、被ってしまうことになるんです。だから、是非とも、再開させてください。警察が、事件の捜査を、することには、私どもは、何の文句もいいませんし、邪魔も、しませんから」

「しかし、順打ち側の、A子さん、逆打ち側の、B子さんは、どちらもお宅が公募して、選んだんでしょう？」

と、岡本本部長が、いった。

「確かに、そうですが」

「われわれが、見たところ、殺された中年の女性は、B子さんを、勝たせようとして、B子さんに賭けた人間というか、グループが、雇った人間としか、思えないのですよ。反対に、A子さん側に、雇われたのが、銃を撃った犯人とすれば、今回の殺人事件は、お宅が、制作しているゲームに、関係しているとしか、思えませんけどね」

「しかし、そういわれても、殺された女性も、銃を撃った犯人も、ウチのプロダクションが、雇った人間というわけでは、ありませんからね。勝手に入り込んできて、こんなことになった。ですから、ウチとは、何の関係もないのです」

「噂によると、あなたがたが、作ったお遍路ゲームに、便乗して、A子が勝つか、それともB子が、勝つかに賭けている人間や、組織が、あるというじゃありませんか？　その金額も、億単位だと噂されているようです。だから、賭けに勝とうとして、今回のような殺人事件まで、犯してしまうんですよ。確かに、殺された女性も、銃を撃った犯人も、お宅たち中央プロダクションが、雇った人間だなんて、われわれも考えてはいませんよ。しかし、少なくとも、あなたがたが作っているお遍路ゲームによって、現れてきた人間たちだと、私たちは、考えているのです。つまり、お遍路ゲームに、深く関係している被害者であり、犯人でも、あるんですよ」

「私からもお聞きしたいのですけど」

と、佐野清美が、いった。

「現場検証はもう終わったんじゃありません？　それなら、私たちに、徳島県下の遍路ルートを、使わせる許可を出していただきたいのですよ。青木がいったように、捜査の邪魔は、一切、いたしません。ただ、お遍路ゲームを、続行したいだけなのです。それとも、あのルートは、完全閉鎖なんですか？」

「いや、完全閉鎖なんかしませんよ。私たちには、そんな権限は、ありません。今も、一般のお遍路さんたちは、藤井寺から、焼山寺のあのルートを、歩いていますよ。ですが、お宅が作っているお遍路ゲームは違う。明らかに、殺人事件に関係していますからね。そうだ、この際、A子さん、B子さんについても、どういう女性なのか、明らかにしていただきたい」

と、岡本本部長が、いった。

「それはできません」

即座に、青木が、いった。

「どうして、できないのですか？」

「このお遍路ゲームの、面白いところは、参加している二人の選手が、どこの誰だか、分からないところにあるんです。もし、名前を明らかにして、どんな女性なのか、発表してしまったら、このゲームは、中止したのと同じことになります。そんな自殺行為のようなことは、できませんよ。お遍路ゲームは、あと二日で、終わりますが、ゲームが終われば、もちろん、あなたの要望通り、A子さん、B子さんの実名も、明かしますし、そうだ、私たちが、二人を連れて、こちらに来てもいいですよ」

「どうも、あなたがたには、分かっていないようだな」

岡本本部長は、少し苛立《いらだ》ちを、見せて、いった。

「これは、殺人事件なんですよ。人間が一人、殺されているんだ。それなのに、あなたがたは、番組のことしか、考えられないのですか？」

岡本本部長がいうと、中央プロの青木は、負けずに、

「私たちにとって、番組を、作ることが命なんです。あなたがた警察が、事件を捜査するのを生き甲斐《がい》にしているのと、同じように、私たちは、テレビ局から、依頼されて番組を作るのが、生き甲斐なんですよ」

5

青木は、佐野清美を、急《せ》かすようにして、翌朝早く、東京に戻った。そしてすぐ、近藤社長に会った。

「向こうに行って、徳島県警本部の本部長に会いましたが、ダメですね。向こうは、殺人事件が、起きているんだ。捜査が優先する。その一点張りです。私たちの『お遍路ころがし』に、大金を賭けている人間や組織があるという噂があって、それが殺人事件につながっているというのです。ですから、問題のゲームを、再開することは、まず、絶望的ですね」

「そんなことになったら、どうなると思うんだ？　問題のゲームは、すでに、途中まで放送しているんだぞ。このまま、尻切れトンボに終わったら、ウチがNテレビに対

して、損害賠償を払わなければならなくなってしまうかも知れない。向こうさんは、ウチの不手際で、番組が中止になったと、主張するだろうからね」

「ディレクターの佐野君と、帰りの飛行機の中で、相談したのですが、どうでしょう、警察には黙って、続きを、やってしまおうじゃありませんか？　録画しか、できませんが、最後まで、撮ってしまって、それをNテレビで放送するんです」

「そんなことが、できるのか？」

「できるんじゃなくて、やって、しまうんですよ。幸い、警察の現場検証は、すでに、終わってしまっています。ですから、徳島県下の、遍路ルートは、今、自由に歩けます。警察の人も、いっていましたが、今、個人的にお遍路さんが、歩いていても、それは、止めることができないって。だから、それに、紛《まぎ》れて、ゲームを、最後までやってしまおうじゃ、ありませんか？」

「二人の選手、A子とB子は、今どうしている？」

「警察が探しても分からないところに、匿《かくま》っています」

ディレクターの佐野清美が、いった。

「それなら、やろうと思えば、やれるんだな？」

「ええ、やれます。それに、警察は、A子とB子の実名を、出せ。二人が、どんな女ていますよ。おそらく、二人に対しても、警察は、いろいろと、訊問《じんもん》をしたいのでしょう。もし、そうなったら、このゲームは、もう、終わりですよ。ですから、警察が気づかないうちに、録画を終了してしまう。その後なら、A子、B子の二人に、警察がいろいろと、質問をしても平気です。ゲームは、終わってしまっているんですから」

青木は、強い口調で、いった。

「そうだな。このままでいけば、大変な損害を、受けることになる」

近藤社長は、そういって、しばらく考え込んでいたが、

「もう一つ、心配なことがあるな」

と、いった。

「このゲームを使って、大きな賭けをしているグループが、いるとしたら、おそらく、怖い組織だと思うが、ウチが、このゲームを途中で止めてしまったら、その組織が、どう出てくるかも分からない。実は、それも心配のタネだよ」

「じゃあ、もう、これで、決まったようなものですね。警察には黙って、今日中に、今後の計画を立て、明日から、実行しようじゃありませんか？」

と、青木が、眼を光らせて、いった。

近藤社長を、リーダーとする、総勢十人のグループが、作られた。この、お遍路ゲームに最初から反対している社員は、選ばれた十人の中に入っていないが、佐野清美は、入っている。

近藤社長が、彼らに向かって、檄《げき》を飛ばした。

「君たちも、すでに知っている通り、警察は、この番組の再開に、反対している。しかし、ウチにとって、この番組が中止になるかどうかは、死活問題なのだ。だから、強行することにする。徳島県に渡って、ゲームを、再開するのだが、中央プロダクションの社員であることを、証明するようなものは、全部ここに、置いていけ。警察に、訊問されても、中央プロダクションの社員だということは、絶対に、いってはならない。Nテレビは、この番組を再開したいと、警察に申し入れている。それは拒否されているのだが、テレビ局側としても、四月五日を過ぎたらこの番組の放送は、中止することに、決めているんだ。だから、何としてでも、われわれは最後の決着まで、このお遍路ゲームを撮り終えて、Nテレビに、持ち込む。そうすれば、Nテレビは契約があるから、われわれに、制作経費を、負担してくれるだろう。このことを、君たちも、よく覚えておいて欲しいのだ。つまり、これから、やることによって、会社が君たちにボーナスを払えるか、払えないかが決まる。そのことを、君たちもよく考えておいて、欲しい」

近藤社長は別件の用事があったため、遅れていくことになり、九人の社員が、急《きゅう》遽《きょ》、その日のうちに、お遍路の装束をカバンに詰めて、徳島に、向かった。

A子とB子は、警察の目の届かない場所、つまり、徳島ではなく、高知の小さな町に、匿ってあった。それを迎えに行くのは、ディレクターの、佐野清美の役目だった。

6

徳島県警では、Nテレビ局の抗議に対して、再度、拒否の姿勢を、明らかにした。

「拒否した以上、何としてでも、犯人を逮捕し、事件を、解決しなければならない」

と、岡本本部長が、いった。

「中央プロダクションの二人は、納得して帰ったのかね？」

「こちらが、きっぱり拒絶したので、東京に逃げ帰ったようです」

と、いったのは、増田警部だった。

十津川が、岡本本部長に向かって、

「私は、これから、東京に戻ろうと思います。番組を作っている、中央プロダクションも東京にありますし、その中央プロダクションから、今回の番組を買っているテレビ局も、東京にありますから、これからは、徳島と東京の、合同捜査ということにしたいと、思っているのですが」

と、いった。

「確かに、十津川君の、いう通りだ。事件は、東京と徳島に、またがっているように、私も考える」

と、本部長も、いった。

十津川は、日下と西本、北条早苗刑事の三人を、四国に残して、亀井と二人、すぐ、飛行機の便で、東京に、戻った。

十津川は、三上刑事部長に、徳島での様子を報告した後、亀井に向かって、

「これから、中央プロダクションの、近藤社長に会いにいこうじゃないか?」

と、いった。

二人は、新宿西口の、雑居ビルの中にある中央プロダクションを訪ね、そこで近藤社長に会った。

「何となく、妙に静かですね」

十津川が、いうと、近藤は、

「警察のおかげで、せっかく、ウチがテレビ局から受注した、お遍路ゲームの番組が、ポシャッてしまいそうですからね。大変な損害ですよ。だから、社内が、滅入《めい》っているんです」

「まあ、何といっても、殺人事件が起きたんですから。警察としても、一日も、早く犯人を逮捕しなければ、なりません。どうしようもないんです。今回のことは、運が悪かったと、思って、諦《あきら》めてください。それよりも、一刻も早く犯人を、逮捕できるよう、協力していただきたいんですよ。今日は、そのお願いに来たのです」

「これ以上、ウチに、何をしろというんですか？」

「そちらが募集したA子とB子の二人の参加者がいましたね？　その二人の本名と、経歴、電話番号、住所を、教えてもらえませんか？」

「分かりましたが、これから、調べなくてはならないので、少しばかり、時間がかかりますよ」

と、近藤が、いう。

「どうして、時間が、かかるのですか？　この中央プロダクションが、募集した相手なんでしょう？　それなら、当然、名前だって、住所だって、経歴だって、すぐに、分かるんじゃありませんか？」

「それがですね、ゲームに出る参加者の募集や選定に関しては、深大寺で、殺された井上美奈子が、一人で、やっていましてね。二人の女性の名前とか、経歴とか、住所なんかを書いた書類を、井上美奈子が、どこかに、しまい込んでいるらしくて、探しているのですが、見つからないのですよ。死人に、聞くわけにもいきませんしね」

と、いって、近藤は、小さく首をすくめた。

「それでは、いつになったら、分かるのですか?」

「今も申し上げたように、二人の女性の写真も履歴書も、全部、死んだ、井上美奈子が、どこかに、しまい込んでしまっているのですよ。すぐに分かるかも、知れないし、時間がかかるかも知れません。見つかったら、すぐに、そちらに連絡をしますよ」

と、近藤社長は、いった。

近藤社長が、本当のことを、いっているのかどうかは、分からない。

(しかしこのまま、この社長と、押し問答をしてもしようがないだろう)

十津川は、そう思って、亀井と二人、中央プロダクションの建物から、外に出た。

「これからどうします?」

パトカーに戻ってから、亀井が、きいた。

「事件の発端に戻って、考えてみようじゃないか?」

「発端というと、深大寺で、井上美奈子が殺されていたことから、われわれは、この事件に関係したのですが、もちろん、あの殺人以前に、お遍路ゲームは、企画され、実行されようと、していたわけですが」

「だから、井上美奈子のマンションに、もう一度、行ってみよう」

と、十津川は、いった。

井上美奈子の住居は、四谷三丁目のマンションである。

パトカーで、そこまで十分とは、かからなかった。

井上美奈子の部屋の入口には、進入禁止、KEEP　OUTのテープが、貼《は》ってある。それをくぐるようにして、二人は、部屋に入った。

中央プロダクションの、近藤社長は、A子とB子に関係する書類は、全部、井上美奈子が、どこかに、しまい込んでしまったから、詳しいことは、何も分からないといっていた。

確かにこの部屋に来て、いくら調べても、何も、見つからなかった。

「しかし、関係書類が見つからないというのは、たぶん、あの社長の、ウソだな」

十津川が、いった時、部屋の電話が鳴った。

十津川が受話器を取ると、いきなり女性の声が、

「どなたでしょうか？」

と、きいた。

「井上美奈子さんが、殺された事件の捜査をしている刑事です。あなたは？」

十津川が、きくと、相手は、ためらっているらしくしばらく、黙っていたが、

「本当に殺されたんですか」

と、女性がきいた。

「三月二十九日の夜、深大寺の参道で、絞殺死体で発見されました。テレビや新聞で、報道されましたが、ご存じなかったですか。もう一度、お聞きしますが、どなたでしょう」

「小暮《こぐれ》由香里《ゆかり》といいます。亡くなった、井上美奈子は、私の叔母です」

相手が、やっと、いった。

「その井上美奈子さんが、殺されたことについて、何かご存じのことがあるのでしたら、是非お会いして、お話を、お伺いしたいのですが」

十津川が、いった。

「私も、そうしたいと、思いますけど、いそいで出かけなければ、ならないんです」

と、相手が、いった。

「出かけるって、どこへですか？」

「四国です」

「四国？」

「ええ、叔母はテレビの、番組ではなくて、本当に、四国の霊場を、お遍路として歩きたいといっていたんです。ですから、叔母に代わって、私がこれから、四国に行って、第一番札所から、歩いて回ってみたいと思っているんです。私の知人の心配なことも、ありますし」

そういって、相手は、電話を切ってしまった。

「殺された井上美奈子は、年齢が、三十歳だった。彼女を叔母と呼ぶには、大人びた声だったから、不自然な感じがするね。それに井上美奈子の両親と話した時には、男の子の孫がいることはわかったが、親しい姪《めい》がいるなんて聞いていない」

十津川はいった。

「そうですね。それに、その女性がいう心配な知人というのは、A子かB子あるいは射殺された中年女性かもしれませんね」

と、亀井がいった。

第五章　若い遍路の女

1

十津川と亀井は、なおも、井上美奈子の部屋を調べ続けた。

しかし、これはと、思うものは、何も見つからなかった。

「これだけ探しても、本人の死に繋《つな》がるものが、何も、見つからないのは、少しばかり、異常ではありませんか？」

亀井が、首をかしげた。

「おそらく、持ち去ったんだよ」

「犯人がですか？」

「三月二十九日の夜、井上美奈子は、深大寺の参道で、殺された。殺した後、犯人は、まっすぐ、このマンションに向かい、部屋に入った。死体は、まだ発見されていないだろうから、誰も、怪しむ者はいない。犯人は、悠々と、この部屋から、事件に、関係あるものを、全部持ち去ったのではないか？　あるいは、逆に、何かを持ち去るために、井上美奈子を、殺したのかも知れない」

「そうですね。順序が逆の可能性も考えられますね」

「普通は、井上美奈子を殺した犯人が、彼女の部屋から、自分が、犯人だと推定されるようなものを、全部持ち去ったと考えるが、逆の可能性だってあるんだよ。何かを持ち去りたくて、邪魔な井上美奈子を、殺したのかも知れないからね」

「そうだとすると、この部屋から、何も見つからないのも、当然かも知れませんね」

「唯一の収穫は、さっき、電話をしてきた女性だ」

と、十津川が、いった。

「ひょっとすると、彼女が、事件について、何かを、知っているかも知れない」

「しかし、彼女、四国に、行ってしまいましたよ」

「もう一度、中央プロダクションに行って、小暮由香里という女性について、聞いてみようじゃないか？」

と、十津川が、いった。

二人は再び、新宿西口に戻った。

中央プロダクションのあるビルに入り、受付で、

「近藤社長にお会いしたいんだが」

十津川が、いうと、受付の女性は、

「社長は、今、おりませんが」

と、いう。

「どこかに、お出かけになったんですか？」

「ええ、そうですけど、行き先は、分かりません」

結局、会えたのは、青木広報部長だった。

「近藤社長は、外出されているようですね？」

十津川が、聞くと、青木は、小さく、肩をすくめて、

「徳島県警から、番組続行の許可が下りないので、がっかりして、どこかに、飲みに行ってしまったのかも知れません」

「青木さんは、飲みに行かないんですか？」

「私は、ここにいないと、まずいですから」

「とにかく、青木さんがおられたので、助かりました。一つ、お聞きしたいことが、

ありましてね」

「どんなことでしょうか？」

「三月の二十九日に、深大寺で殺された井上美奈子さんのことなんですが、彼女に、小暮由香里という姪が、いるかどうか知りたいんです。彼女のこと、こちらで、分かりませんか？　年齢とか、職業とか」

と、十津川が、聞くと、青木は、

「井上美奈子の姪ですか？」

と、聞き返す。

「ええ、そうです。井上美奈子さんのことを叔母さんと、いっていましたから」

「おかしいな」

と、青木が、いう。

「何が、おかしいんですか？」

「井上美奈子に、小暮由香里という姪がいるなんて、初耳ですから」

「初耳って、小暮由香里という姪は、いないのですか？」

「そんな人は、いないはずですよ」

「本当にいないんですか？」

「ええ、確か、いないはずです」

青木は、いい、インターフォンで、井上美奈子と同じ大学の後輩で、二年前に中央プロダクションに入り、井上のアシスタントをしていたという女性を、呼んでくれた。

その彼女が、十津川の質問に答えて、

「私、井上さんには仕事を教えていただいただけです。個人的な話も少しはしましたが、姪がいたなんて話、一度も、聞いたことがありませんわ」

と、いった。

その言葉に、ウソは、なさそうだった。

電話の女性は、ウソをついたのか？

青木が、十津川に向かって、

「その電話の女性ですが、本当に、井上美奈子の姪だと、いったのですか？」

「正確にいえば、どなたですかときいたら、亡くなった井上美奈子は、私の叔母なんですと、電話で、いったんですよ」

「名前は、小暮由香里だといったんですね？」

「ええ、そうです」

「それ、間違いありませんか？」

「ええ、間違いありませんが、青木さんは、小暮由香里という名前に、何か、思い当たることが、あるのですか？」

十津川が、きくと、青木は、なぜか慌てた様子で、

「いや、その名前は、聞いたことが、ありませんが、ただ、井上美奈子の親戚《しんせき》でもない者が、どうして、姪だなんていったのか？　それが不思議で、仕方がないんですよ」

「何か変ですね」

「変って、何がですか？」

「さっきから、気になっていたのですが、どうも、この中央プロダクションの雰囲気が、おかしいような、気がするんですよ。さっき来た時は、やたらに、静かだったし、今も活気がありませんね」

「それは当然でしょう。例のお遍路ゲームの番組の制作が、うまく行かなくて、ヘタをすれば、今回の制作費を、全額、テレビ局に返還しなくてはならなくなりそうですからね。全員の気持ちが、沈んでいたとしても、おかしくは、ありませんよ」

「確かに、同じように、静かですけどね。その静けさが、違っているように、感じられるんですよ」

「そんなことは、ないでしょう。今だって、ウチの空気は、沈んだままですよ。今も

いったように、このまま、番組が打ち切りになれば、制作費を、テレビ局に、返さなければならないんですから、ウチとしては、大損害です」

「さっきは、本当の静けさ、しかし、今は、どこか、緊張した空気を、感じるんですよ。そんな感じがするんですけどね」

「十津川さんの気のせいですよ」

青木は、わざと笑顔を作って、

「十津川さんが、今から、飲みに行こうといったら、喜んで、お供しますよ」

「そうですか。じゃあ、私の思い違いなんだ。失礼しました」

2

外に出たところで、亀井が、

「警部は、どうして急に、妥協されたのですか？」

「時間が、気になったんだ」

「何の時間ですか？」

「カメさんだって、中央プロダクションの雰囲気が、前に来たときと、違っていることに、気がついたはずだよ」

「ええ、気がつきました。社員の空席が目立っていました。何かおかしいですよ。近藤社長が、飲みに出かけたなんていうのも、ウソに決まっています」

「同感だ。おそらく、近藤社長の命令で、何かを、始めたんだよ。青木広報部長は、それを隠すための、留守番だ」

「そうなると、一つしか、考えられませんね。このまま、番組が、中止になってしまうと、制作費をテレビ局に、返さなければならない。青木広報部長が、そういっていましたね。だから、徳島県警が、中止を要請しているにもかかわらず、続きの番組を撮りに、徳島に行ったのかも知れませんね」

「中央プロダクションのスタッフは、今頃、四国に集まって、番組の続きを、撮っているかも知れないな」

「その可能性は、大いにありですね。何しろ、何千万円もの、制作費を、返すか、返さないかの瀬戸際ですから」

十津川はすぐ、徳島警察署にいる、西本刑事の携帯に、かけてみることにした。

電話に出た西本は、

「実は今、こちらから、警部に電話をしようと思っていたところです」

と、いった。

「やっぱり、おかしいか？」

「騒然としています。どうやら、中央プロダクションが、徳島県警の制止にも、かかわらず、例の番組の続きを、強行しようとしているらしいのです」

「徳島県警は、強制的に、中止させる気でいるのか？」

「それが、そう簡単には、行かないようなんです。実は、同じルートを、本物のお遍路もたくさん歩いているのです。どうも、先日、Nテレビの系列の徳島県下のテレビ局が、A子、B子の二人の参加者に競わせて、どちらが、早く着くかというゲームを放送したのが、かなりの、高視聴率をマークしたために、同じルートを歩いてみたいという一般のお遍路が、かなりの数、こちらに、やって来ているんです。中央プロダクションのゲームが、再開すると同時に、そのお遍路たちも、一緒になって、歩いているので、強制的に、それを、止めることができないのです」

「そうか、ゲームの模様を、録画している連中と、一般のお遍路の連中との、区別がつかないのか」

「区別がついても、両方同時に、制止することになってしまうので、それに対しては、四国八十八カ所の、札所からも、強権を発動してお遍路を止めては、困るという話がきているんです。そこで、徳島県警では、仕方なく、徳島県下のお遍路たちを、遠くから見守っていく。もし、前のような事件が、起きれば、その時点で、お遍路は中止と、決めたようです」

と、西本は報告した。

警視庁に戻った十津川は、念のため、宮崎にいる井上美奈子の母親に、小暮由香里という親戚がいるかどうか、確認の電話をいれた。その結果、中央プロダクションの青木がいっていたように、美奈子には、そんな姪は、いないことが判明した。

3

中央プロダクションでは、近藤社長が、陣頭に立って、ゲームの続きを、カメラに収めようとしていた。中断していたゲームの撮影は、再び、A子は焼山寺、B子は立江寺からはじめることになった。

A子のほうは、第十二番札所の焼山寺を、出発する。同じ時刻に、B子のほうは、第十九番札所、立江寺を、逆の方向に出発した。撮影隊が、A子にも、B子にも、ついている。

ディレクターの佐野清美は、A子について、次の、第十三番札所、大日寺《だいにちじ》に向かって歩きながら、B子を担当しているディレクターの飯田《いいだ》と、携帯で連絡を取り合っていた。

焼山寺からは、ゆっくりと、山を下って、鏡大師《かがみだいし》から十二キロほど歩くと、第十三番札所、大日寺に着く。

大日寺の境内には、昔、歩き遍路の途中で、病気で倒れて亡くなった人たちを悼んで、寄贈されたしあわせ観音が祀られている。

A子が、本堂や大師堂に、お参りしている間、ディレクターの佐野清美が、近藤社長のそばにやってきた。清美も、近藤社長も、同じようにお遍路姿である。

佐野清美が、近藤社長に、

「今のところ、順調です」

と、いった。

「一般のお遍路さんの姿も、たくさん、見かけるが、ウチの第一回の放送に、刺激されて、このルートを、歩いているみたいだね」

「それで助かっています。もし、一般のお遍路さんが、いないとなれば、間違いなく、徳島県警は、私たちのゲームを、強制的に中止させるに、決まっていますから」

と、清美が、いった。

「確かに、一般のお遍路が、私たちを守ってくれている感じだな」

近藤社長も、満足そうな顔で、清美に、いった。

4

第十九番札所の立江寺を、出発したB子も逆打ちで、第十八番札所の恩山寺《おんざんじ》に、向かって、歩いている。

恩山寺は、四国の、東の玄関といわれる小松島港の近くにある。境内の高いところに立つと、小松島港が、眼前に見える。この恩山寺は、昔は、女人禁制だったといわれていた。

B子と行動を共にしている中央プロダクションの飯田ディレクターは、歩きながら、A子に付き添っている、佐野清美に、連絡を取った。

「こちらは、異常なしですよ。ありがたいことに、一緒に歩いてくれるお遍路が、何人もいますから、あのお遍路たちを、いくら事件があったからといって、徳島県警が止めることは、できないんじゃないですか？　そのため、われわれも、今のところ、何の妨害もなく、動いています」

「そっちにも、一般の、お遍路がついてきているわけ？」

佐野清美が、きく。

「ええ、ついてきていますよ。普通は、逆打ちの歩き遍路は、あまり、ないみたいですが、テレビの第一回の、放送のおかげで、B子と一緒に、逆打ちのコースを、一生懸命に歩いてくれるお遍路が、ザッと、数えたところ、十二、三人は、いるんです」

「今夜は、午後七時になったら、A子もB子も、ルート沿いにある旅館に、泊まることにして、明日がラスト。うまく行けば、制作費をNテレビに、返さなくても済むようになるから、頑張ってちょうだい」

と、佐野清美が、いった。

5

十津川と亀井は、徳島警察署に戻っていた。

増田警部は、徳島県の地図、そこには第一番札所の、霊山寺から第二十三番札所の、薬王寺までの場所が、赤丸で、記されてあったが、それを見ながら、

「ここまで来ると、もう、中止させられませんね。テレビの威力というのは、本当に、

すごいものだと、改めて、思いましたよ。第一回が放送されたところで、徳島県下の第一番札所から第二十三番札所までの、歩き遍路をしようとするお遍路さんたちが、集まってきているんですよ。その人たちが再開されたゲームの参加者と一緒に、歩いている。こうなってしまうと、もう、止めることはできません」

と、十津川に、いった。

「今までに、事件らしいものは、起きていませんか？」

「起きていませんね。今日、A子とB子が、三泊目を、旅館で過ごして、明日が、最後です」

「明日が最後ですか？」

「そうです。今回のゲームが終わり次第、中央プロダクションの関係者を、全員、徳島警察署に呼んで、今回の件について訊問するつもりでいます。特に、A子とB子の名前や住所は、明らかにしてもらうつもりでいます」

「射殺事件が起きる前までは、A子がリードしていたと思われますが、今は、A子とB子のどちらが、優勢なんですか？」

亀井刑事が、きいた。

「今のところ、優劣は、分かりません。それがはっきりするのは、明日になってからじゃないでしょうか」

「明日、優劣が、はっきりとした場合は、また、事件が起きるんでしょうか？　本部長は、どう思われますか？」

十津川が、本部長の岡本に、きいた。

「私にも分からんよ。しかし、先日の事件は、どう考えても、A子に、大金を賭けた人間が、一日目が終わった時点で、B子よりA子のほうが優勢なので安心していたのに、急にA子の邪魔をしようとした女性が現れたので狙撃したのだろう。A子とB子のどちらが優勢か、はっきりとした時点で、また、その優勢さを、ひっくり返そうとして、何かが、起こるかも知れない」

「本部長も、大金を賭けている連中が、一日目、自分たちが、賭けているB子のほうが、劣勢なので、優勢のA子を、妨害しようとした。そう考えて、おられるわけですか？」

十津川が、きく。

「ほかに、考えようがないように、思っているがね」

「しかし、殺されたお遍路の女性ですが、まだ、身許が分かっていません。それでも、大金を賭けた連中が、犯人だと、本部長は、思われますか？」

「ほかに、考えようがないだろう？　それとも、君は、ほかに、犯人の動機が、考えられるのかね？　あの奇妙なゲームとは、関係のない動機だが、そんなものがあると、思うのかね？」

岡本本部長が、十津川に、きく。

「確かに、今のところ、ほかの、動機というものは、考えにくいですが、この理由で、殺人が行われたとすると、明日もまた、殺人が起こる可能性が、ありますね。このゲームに、大金を賭けた、それも千万単位ではなく、億単位で、大金を賭けた人間がいるとすれば、絶対に、勝ちたいでしょうから、勝つために、あらゆる手段を、講じてくることは考えられます」

「それなのに、どうして、被害者の身許が、今になっても、分からないんだ？」

岡本本部長が、はっきりと、苛立ちを見せて、増田警部に、きいた。

「私も、それが、不思議で仕方がないのです。被害者は、中年の女性で、きちんと、お遍路の格好をしていますし、司法解剖の結果では、体も健康で、これといった傷もない。ホームレスのようには、見えないといっているんです。だから、必ず、被害者の家族や、友人がいるはずなんです。それなのに、その人たちが、どうして、警察に、問い合わせの、電話をかけてこないのか、それが、不思議で仕方がありません」

「十津川君は、どう思うね？　どうして、被害者の身許が、割れないと、考えるかね？」

「私は、二つの理由を、考えています。一つは、被害者が、家族や友人たちの間では、嫌われていた。理由は、分かりませんが、彼女のことを好きな家族や友人が、いなかった。だから、誰も問い合わせの電話を、かけてこない。これが、第一の理由です。第二は、お遍路の姿をしていますが、外国人ではないかということです。顔立ちは、日本人そのものですが、同じような顔をしたアジアの人たちは、たくさんいますから」

「外国人か」

「そうです。その可能性は、ゼロではないと、思います。最近は、韓国や中国から観光客がたくさん来ていますから、日本に来てから、お遍路さんに興味を持った。そして、四国に来て、お遍路の衣装や杖などを、買って、面白半分に、体験してみた。ところが、たまたま、Nテレビが、放映しているお遍路ゲームと一緒になってしまい、巻き添えで撃たれて殺されてしまった。可能性としては、ゼロではないと、思っています」

「しかし、その一方で、あの被害者は、B子側に、頼まれて、A子のほうが優勢だったら、その邪魔をする。そういう約束になっていて、あの時、A子に突き当たるか、あるいは、倒れかかって、A子にケガをさせる役目を、負っていたのではないかという、そういう推理も、あったね、もし、被害者が、日本に興味を持ってやって来た、外国人だとすると、その可能性が、ゼロになってしまうんじゃないのかね？　たまたま、来た外国人に、B子を応援する側の人間たちが、万一の時に、A子の邪魔をしてくれとは、頼まないのかね？　それに外国人観光客なら、パスポートを持っていないのは、おかしいんじゃないかね」

と、岡本本部長が、いった。

6

何一つ事件は起きずに、その日は、午後七時、A子とB子は、歩き遍路を、止めて旅館に入った。その二つの旅館には、徳島県警の刑事たちが、万一に備えて、張り込むことになった。

十津川たちも、徳島警察署の近くで、夕食を、済ませることにした。

夕食を取りながら、十津川が、東京で分かったことを、刑事たちに伝えた。

「私と亀井刑事が、井上美奈子のマンションに、行っていたら、電話がかかってきてね。若い女性の声だった。どなたですかと、聞いたら、小暮由香里と名乗った。井上美奈子は、自分の叔母に、当たるといっていた。なおも、話を聞こうとすると、彼女は、これから四国に行く。亡くなった叔母が歩こうとしていたルートを、歩いてみたい。そういって、電話を、切ってしまった」

「いい話じゃありませんか」

と、北条早苗が、いう。

「確かに、ここまでは、いい話なんだ。亡くなった、叔母の代わりに、生前、叔母が歩きたかったルートを、お遍路になって歩くという話はね。ところが、中央プロダクションに行って、この、小暮由香里のことを聞いたんだ。そうしたら、青木広報部長が、井上美奈子には、そんな姪は、いないというんだよ。井上美奈子と同じ大学を出て、二年前に、中央プロダクションに入社したという女性社員を呼んでもらって、話を聞いたのだが、その女性社員も、死んだ井上美奈子には、姪なんかいなかった。小暮由香里という名前は、聞いたことがないというんだよ。念のため、井上美奈子の実家にも、確認したんだが、そんな姪は存在しなかった」

「そうなると、その小暮由香里という女性は、何者なんですかね？」

「電話だけだから、はっきりとはしないが、声は、若く聞こえた。たぶん、二十歳前後じゃないかな。井上美奈子の姪というのは、ウソとわかったが、少なくとも、親しくしていた人間ではないか？　そう思っている」

「しかし、亡くなった井上美奈子のマンションに、電話をしてきて、何を話そうとしたんでしょうか？」

7

翌日も快晴だった。

午前七時に、順打ちのA子も、逆打ちのB子も、それぞれの旅館を出発し、最後のレースに、チャレンジする。

十津川たちも、県警の刑事も、それぞれ、遍路姿になって、A子の側、B子の側の警護に、当たることになった。

相変わらず、A子、B子に同行する本物のお遍路も少なくない。

十津川と亀井は、第二十三番札所に向かう順打ちのA子についていくことにして、西本刑事たち三人は、B子側について、逆打ちを歩き、第一番札所、霊山寺に向かった。

刑事たちが警戒するのは、第二の殺人事件が、起きないかということである。

B子が第八番札所、熊谷寺から、第七番札所、十楽寺に向かって、歩いている時だった。

この辺りは山のふもとで、文字通り、菜の花畑を見ながら、B子が歩き、ほかの、お遍路たち、それに、中央プロダクションの、ディレクターも、近くを歩いていた。

その時、一般の、お遍路の中から、若いお遍路が、突然、B子に近づいていって、何か話しかけ始めた。

B子が、いやいやをするように、首を振っている。

それでも、若い女性のお遍路は、B子にくっついて離れない。明らかにB子の邪魔をしているように見える。

「今、仕事中だから」

やや、甲高い声で、B子が、いった。

「でも、あなたは、私とおなじお遍路さんなんでしょう?」

若い女が、絡むように、いった。

それを見て、これも、遍路姿の北条早苗が、小走りに、近づいていって、その若い遍路の腕を取った。

その隙《すき》に、B子が、サッサと離れて、十楽寺に向かって、急いでいく。

「悪いけど、ちょっと動かないでね」

腕を取ったままで、早苗が、若い遍路に、いった。

「何なんですか、これ？」

若い遍路が、怒ったような声で、いった。

「今、テレビの、収録中なの。さっきの人、本当の、お遍路さんではなくて、そのテレビの、いわば、主人公だから、あなたに、捕まるとまずいのよ」

と、早苗が、いった。

「え？　本当なんですか？」

「本当よ。ほら、向こうに、カメラがあるでしょう？」

「あ、ごめんなさい。気がつかなくて」

若い女の遍路は、そういうと、もう一度、

「ごめんなさい。気がつかなくて」

と、いって、早苗のそばを、離れていった。

早苗は、慌てて、追いすがると、

「あなたの名前、教えてくださらないかしら？」

「どうして、名前を、いわなければならないんですか？」

「あなたも、新聞を読んでいるでしょうから、分かっていると、思うんだけど、前に殺人事件が起きたの。私は警視庁の刑事で、二度目の事件が起きないように、監視していたので、悪いけど、あなたの名前を、教えてちょうだい」

と、早苗が、いった。

「私、木村亜矢子《きむらあやこ》です」

と、いって、運転免許証を、見せた。

間違いなく、そこには、木村亜矢子という名前があった。

「ありがとう。無理をいって、ごめんなさいね」

早苗は離れて、仲間の刑事のところに戻った。

その日の午後五時までには、ゲームが終わっていた。

A子は、第二十三番札所の薬王寺に着き、B子のほうは、第一番札所の霊山寺に、着いていた。

8

徳島県警は、その日のうちに、A子とB子、それから、中央プロダクションの関係者に来てもらって、話を聞きたかったのだが、中央プロダクションのほうから、肝心のA子とB子が、疲れ切ってしまっているのでといわれて、仕方なく、翌日に来てもらうことにした。

翌日の午前十時に、関係者が、徳島警察署に集まった。顔を揃《そろ》えたのは、中央プロダクションの近藤社長、このお遍路ゲームを、指揮して監督した、佐野清美ディレクター、それから、A子とB子、あと、中央プロダクションの、関係者五人である。

近藤社長は、刑事に向かって、

「一つだけ、約束してもらえませんか？　今回、いったん、中止したお遍路ゲームを再開して録画したのですが、その結果と、A子、B子の名前は、どうしても、秘密にしておいてもらいたいのです。このテープが放送されるのは、二日後のお昼なので、それまでは、秘密を守りたいのですよ。このゲームを、楽しみにしている人もたくさんいますから」

徳島県警の増田警部は、うなずいてから、

「二日間の秘密は守りますから、A子さん、B子さんの名前を教えていただきましょうか？　できれば、簡単な経歴も」

と、いった。

二人とも、四十歳の、女性だという。

まず、A子が答えた。

「私は、斎藤亜紀子《あきこ》といいます。年齢は四十歳で、家庭の主婦です。今回のゲームについて、募集要項が、発表されるとすぐ、応募しました。足には、自信があったし、四国のお遍路を、一回体験してみたかったので、すぐに応募したのです。幸い、採用の通知が来て、ビックリするやら、嬉《うれ》しいやら、とにかく、夢が叶《かな》いました」

と、いった。

次は、B子の番だった。

「私の名前は、小暮昌江《まさえ》です。年齢は、A子さんと、同じ四十歳で、私もA子さんと、同じように、テレビで、今回のゲームのことを知って、応募したのです、私も足には、自信がありましたし、一度お遍路姿をしてみたかったので、それで応募しました」

「ちょっと、待ってください」

と、十津川は、慌てて口を挟んだ。

「今、小暮昌江と、いわれましたね？」

「ええ、いいました。それが、私の本名ですから」

「小暮由香里という、娘さんが、いらっしゃいませんか？　二十歳前後の、お嬢さんですが」

十津川が、いうと、小暮昌江は、「えッ？」という顔になって、

「娘が、一人おりますが、まだ、七歳で、名前は利江《りえ》といいます」

「本当に、小暮由香里という娘さんは、いないんですか？」

「ええ、おりませんわ。どうして、そんなことを、お聞きになるんですか？」

「実は、私の知り合いに、小暮由香里という娘さんが、いましてね。たまたま、ここに来たら、あなたが、小暮という名前だというのでビックリしてしまって。もしかしたら、関係があるのではないかと思って、お聞きしたのですが」

「違いますわ」

「ぶしつけなことを、お聞きしますが、小暮昌江というのは、本名ですか？」

「もちろんです」

怒ったような口調で、小暮昌江は、いい、ハンドバッグから、自分の運転免許証を出して、十津川に見せた。

なるほど、小暮昌江、四十歳である。

次に、県警の増田警部が、その、小暮昌江に質問した。

「こちらにいる、北条早苗刑事に聞いたのですが、あなたは、第八番札所の熊谷寺を出て、第七番札所の十楽寺に、向かっている途中で、若い女性の、お遍路さんに、突然、話しかけられたそうですね？　そのことを、覚えていますか？」

「ええ、よく覚えていますわ」

「あなたに、話しかけたお遍路さん、お知り合いですか？」

「とんでもない。全く知らない人ですわ。だから、困ってしまって」

次に増田は、北条刑事のほうを向くと、

「あなたから何か、こちらに、聞くことがありますか？」

「あの時、私、ビックリして、しまったんです。二日目に、A子さんに、近づいた女性が、撃たれて、殺されてしまったものですから、今度もまた、同じような事件が起こるのではないかと思って、それで、ビックリしたんです。それに、B子さんが、迷惑そうにしていたから、私は慌てて飛んでいって、引き離したんですが」

増田が、きく。

「彼女の名前、覚えていますか？」

「木村亜矢子さんです。運転免許証を見せて、もらいましたから、間違いありませんわ。年齢は二十歳、学生のようです」

と、早苗が、いった。

9

増田警部は、改めて、集まった人たちの、顔を見回してから、

「私たち警察が、何よりも、明らかにしたいのは、二日目の、藤井寺と焼山寺の間で、お遍路姿の女性が一人、撃たれて、死んだことなんです。その犯人を、何とかして、逮捕したいのですが、殺された女性の身許が、今もって、はっきりと、しないのです。これは、何回もいっているのですが、普通、お遍路になって札所を回る時には、提げている袋の中に、万一に備えて、身許が確認できる健康保険証や運転免許証、あるいは、携帯や、キャッシュカードなどを入れて、おくものなのですが、殺されたお遍路さんは、こうしたものを、何一つ、持っていなかったんですよ。それで、どうしても、身許が割れない。事件が、新聞やテレビで大きく報道されたので、問い合わせが、あるのではないかと思い、それにも期待をしたのですが、何件かあった問い合わせも、全て、空振りでした。それで、捜査が行き詰まってしまっているのです。皆さんに、お聞きするのですが、この女性」

と、いいながら、増田は、大きく引き伸ばした被害者女性の写真を、ピンで黒板に留めた。

「この写真の女性を、ご存じの方、もし、いらっしゃったら、手を挙げてくださいませんか?」

しかし、集まっている、中央プロダクションの人たちと、A子、B子は、誰も手を挙げようとはしなかった。

「どなたも、ご存じありませんか?」

と、増田は、いった後、

「A子の斎藤亜紀子さん」

と、声をかけて、

「あなたに、いちばん、期待をしているのですが、この、殺されたお遍路さん、本当にご存じありませんか? 確か、藤井寺と、焼山寺の間に、弘法大師の像が、立っている。それは覚えていらっしゃいますね?」

「もちろん、よく、覚えています」

斎藤亜紀子が、うなずく。

「そこで一休みして、焼山寺に向かって、出発なさった時、この殺されたお遍路が、あなたに、近づいてきたんですよね。それで撃たれた。ひょっとして、あの時、このお遍路さんは、あなたに、声をかけたのでは、ありませんか？」

「そういえば、そのお遍路さんが、〝絶対、あなたが勝ってください。応援していますよ〟と、いったような気が、しますが、私はゲームのことをテレビで見た、お遍路さんが、激励してくれたのだと、単純に思いましたわ」

「もう一つ、お聞きしますが、あなたが一休みして、焼山寺に向かって歩き出そうとした時、このお遍路が、撃たれて、バッタリと、倒れたのです。その時のことは、覚えていますか？」

「いいえ、あの時は、弘法大師の像の前で、休んで、一息入れて、出発した時なんです。だから、後ろのほうで、何が起きたかなんて、何も分かりませんでしたわ。もちろん、後で知って、あの時、人が一人死んだのかと、思って、ビックリしたんですけど」

「小暮昌江さんのほうは、この写真のお遍路について、何か知っていませんか？」

増田が、きくと、小暮昌江は、

「私が、何か知っているはずが、ないじゃありませんか。この人が撃たれた時、私は、はるか遠くの、お遍路コースを、歩いていたんですから」

と、苛立った声で、答えたが、その顔に動揺が走ったのを、十津川と北条刑事は、見のがさなかった。

「それでは、ディレクターの佐野清美さんに、お伺いするのですが、この写真のお遍路さんを、知りませんか？」

「ええ、全く知りませんわ」

「しかし、佐野さんは、今回のお遍路ゲームを、監督していたわけだし、テレビで募集して、A子さん、B子さんの採用を、決めたんじゃありませんか？」

増田が、きくと、佐野清美は、笑って、

「ええ、確かに、お遍路ゲームの監督をしましたし、A子さんとB子さんの、採用にも立ち合いました。それは事実です。でも、殺人事件の被害者と、知り合いというわけではありませんわ」

「私は、A子さん、B子さんが、どんな条件で、採用されたのか？　何人ぐらいの応募者の中から決定されたのか？　それを、知りたいですね」

岡本県警本部長が、口をはさんだ。

「このお遍路ゲームを、企画した時から、順打ち、逆打ちのいずれかで歩いていただくお遍路さん、A子さん、B子さんを、募集することに、決めていました。ただ、あまりにもかけ離れた体力や脚力、あるいは、年齢などが違いすぎると困ると考え、年齢は四十歳、それから家庭の主婦、足に自信のある方、そういう条件で、募集したところ、A子さん、B子さんの両方ともに、二百通余りの応募がありました。どれも、年齢四十歳の方でした。そして、家庭の主婦」

「それで、どんなふうにして、決めたのですか?」

と、岡本県警本部長が、きく。

「今もいったように、年齢四十歳、家庭の主婦、そして、足に自信のある人ということにしましたけど、ほかにも、条件はつけました。今はテレビ時代ですから、できれば、スタイルのいい、美しい人が最適だと思い、写真選考もしました。その結果、決まったのが、今、ここにいらっしゃる、A子さんの斎藤亜紀子さん、B子さんの、小暮昌江さんのお二人なんです」

「番組の収録を、進めるのにあたり、いちばん、心配だったのは、どういうことですか?」

「何よりも、心配だったのは、お二人の健康です。徳島県内だけに、限って、第一番札所の霊山寺から第二十三番札所の薬王寺まで歩いていただくのですが、それでも、途中に、難所、例の遍路ころがしがあったりするので、相当疲れることが考えられ、健康がいちばん心配でした。こうして、途中で事故があったにもかかわらず、全コースを、歩いてくださって、ホッとしているところなんです」

「前に一度、この番組が成功したら、高知県篇、愛媛県篇、香川県篇と、四国の全行程のお遍路ゲームを、やるつもりだと、お聞きしたのですが、これは本当ですか？」

十津川が、近藤社長に、きいた。

近藤は、笑って、

「今はまだ、徳島県篇を、何とか撮り終えて、ホッとしているところなんです。これを編集して、テレビ局に渡さなければなりません。これが放送されて、好評ならば、テレビ局から、四国全県の、お遍路ゲームをやってくれないかという話がくることを、期待していますが、それはまだ先の話で、今は何ともいえません」

「もう一つ、お聞きしてもいいですか？」

と、増田が、近藤社長に、いった。

「これは、徳島県警と警視庁の合同捜査になっているのですが、三月二十九日に、東京の深大寺で、井上美奈子さんという女性が、お遍路姿で、殺されていました。井上さんは、このお遍路ゲームの、最初のディレクターでしたね。井上美奈子さんが、殺された件について、何か思い当たることのある方は、いらっしゃいませんか？」

増田は、ここにいる、関係者全員に聞いたつもりだったが、視線が、近藤社長に向けられていたので、社長が、

「あの事件は、誠に、残念な事件でした。井上君は、刑事さんのいうとおり、今回のお遍路ゲームを担当するはずだった女性なんです。それが突然、殺されてしまいましてね。慌てて、佐野清美ディレクターに、バトンタッチしてもらったのですが、まあ、うまく行ったので、ホッとしています」

「井上美奈子さんが、殺された件で、何か思い当たることは、ありませんか？」

増田が、再び同じことをきいた。

「残念ながら、ありませんね。彼女が殺されるなんて、全く、考えていませんでしたから」

近藤が、答える。

「今回のお遍路ゲームは、その井上美奈子さんが、発案したものなんでしょう？」

「ええ、そうです」

「神聖なお遍路を、ゲームにして賞金を出す。そういうことに、反対の意見も、あったのではありませんか？」

十津川が、きいた。

「正直いって、それは、ありましたよ。社内だけでも、三人の人が、反対意見でした。今、警部さんがいわれたように、お遍路というものは、神聖なものだから、それをゲームにして、テレビで、楽しむのはけしからん。反対の人は、そういう、意見でした。しかし、最後には全員、賛成に回ってくれました」

と、近藤が、いった。

「反対意見は、社内からだけですか？」

「テレビで、今回の企画を、発表した途端に、無言電話が三回、バカなことは、すぐに、中止せよという手紙や、ハガキが五通、翌日に、届きました」

「それでも、強行されたわけですね？　反対意見は、気になりませんでしたか？」

と、増田が、きいた。

「ほとんど、気になりませんでした。むしろ、反対意見が、あったぐらいのほうが、この企画は、当たるんじゃないかと、そう思いました。案の定、第一回の放送は、視聴率がよかったし、評判も、かなり高かったですね。録画したものは、これから、テープを送って、二日後には、放送されるのですが、これも、いい視聴率が獲れると、思いますよ」

近藤社長が、自信満々に、いった。

10

中央プロダクションの、社長以下、参加者のA子、B子たちが、今日は、この徳島に泊まるといって帰った後、

「カメさん、海を、見に行かないか？」

十津川が、急に、亀井を誘った。

二人は、車で海の見える海岸まで行った。車から降りて、防波堤に、腰を下ろす。

何人かの釣り人の姿が見える。前方には、紀伊水道の海がひろがっている。

「文字通り、『春の海　ひねもすのたりのたりかな』で、じっと見ていると、眠くなってきますね」

亀井が、小さく伸びをした。

「お遍路道だって、確かに、険しいところがあって遍路ころがしなどと、呼ばれているが、そこに限って、どうにも、景色のいいところなんだ。それに、暑くもないし、寒くもない。そんなところで、どうして、殺人が起きたのかな？」

「東京の深大寺でも、殺人が起きています」

「どちらも、お遍路姿の女性が、殺されているんだ。普通なら、お遍路なんか、殺しにくいんじゃないのかね？」

「ですから、今回の事件は、よほど、切羽詰まった末の、殺人じゃないかと、思っています」

「そうか、切羽詰まった末の殺人か」

「特に、東京の深大寺の殺人は、そんな、感じがするんです。犯人は、お遍路姿をした井上美奈子を、殺しています。もし、あれが、普通の服装の時の、殺人なら、今回のお遍路ゲームと、関係があるとは、誰も思わないんじゃないんですか？　お遍路姿で、殺されているから、今回の、お遍路ゲームと関係のある殺人ではないかと、思ってしまうんです」

「関係ありと私は思っている」

「どんなふうに、関係があると、警部はお考えですか？」

「犯人は、井上美奈子を殺すつもりだったのだ。もちろん、お遍路姿の彼女を殺せば、お遍路ゲームと関係があると思われてしまうが、犯人にはそれを斟酌《しんしゃく》する余裕がなかったのだろう。一刻も早く井上美奈子を殺したかったのだと思う。問題はなぜ、井上がお遍路姿で、深大寺にいたかということだよ」

第六章　射撃の腕

1

中央プロダクションは、徳島県を舞台にした四国お遍路ゲームを、強引に完成させ、おかげで、契約したテレビ局に違約金を、支払わなくて済んだ。

その一方、十津川たち、警視庁捜査一課の刑事と、徳島県警の、刑事たちは、依然として、解決のつかない、二つの殺人事件について、苛立《いらだ》っていた。

調布警察署に、捜査本部が置かれ、十津川は、深大寺の参道で、起きた殺人事件の捜査を続けている。

一方、徳島県警は、第十一番札所、藤井寺と、第十二番札所、焼山寺の間で起きた、殺人事件の捜査に、当たっている。

この日、徳島県警の増田警部が、東京にやって来て、こちらの捜査会議に出席することになった。

十津川は、ゲームの終了後、新しく分かったこと、それは、ごく、限られた事実だったが、それを、捜査会議の席上で、発表した。

「東京と徳島で起きた二つの殺人事件、これは、関係があります。そう考え、うちと、徳島県警の合同捜査になり、今日は、増田警部が、おいでになっています。そこで、もう一度、今回の事件を、見直してみようと、思っているのです。

東京で殺された井上美奈子は、中央プロダクションのディレクターで、今回の奇妙なゲームを計画、演出することに、なっていましたが、ゲーム開始の四日前に、殺されてしまいました。

徳島県警が、今、捜査をしている事件ですが、こちらは、被害者が、依然として、身許不明のままです。ただし、東京の事件と同じように、今回の、お遍路ゲームに、絡んで殺されたことは、間違いありません。このゲームには、順番に、札所を回って歩く、順打ちの参加者と、逆に回って歩く、逆打ちの参加者がいました。ゲーム中は、この二人の参加者の名前が、分からなかったのですが、今は、分かっています。順打ちのA子と、呼ばれていたのは、斎藤亜紀子、四十歳、主婦です。B子のほうは、小暮昌江、同じく、四十歳の主婦。中央プロダクションの、説明によれば、同じような、能力を持った者にしなければ、ゲームが面白くならないので、同じ四十歳、そして、家庭の主婦、身長百六十センチ台、体重五十二～五十五キロで、均衡が取れている二人の女性を選んだ。この二人は、募集に応募してきた女性の中から選んだと、中央プロダクションの、青木広報部長は、はっきりと、私にいいました。その後、少しばかり気になる情報が入ってきたので、それを、今から説明します。第二十三番札所の、薬王寺から、出発したB子、小暮昌江のほうですが、高校時代、陸上部で、マラソンをやっていたことが、分かりました。結婚した後も、ホノルルマラソンに参加したり、国内のマラソン大会にも、出場したりして、体を鍛えています。美人で背も高いので、若い頃に、雑誌のモデルをやっていたことも、あるようです。男性関係も派手だったといわれています。

それから、この小暮昌江は、応募者の中から、決めたということに、なっていますが、どうも、選考の過程がはっきりしないのです。今回の番組のスポンサーである大企業の社長が、自分の知り合いの小暮昌江を、レースに参加させた。そういう噂《うわさ》も、流れていますが、これはまだ、噂の段階でしかありません。

それに反して、A子、斎藤亜紀子のほうですが、年齢、体重、身長などは、確かに

B子、小暮昌江と、よく似ていますが、高校や大学時代に、陸上部にいたこともなく、また、マラソンレースに参加した経験も、ありません。というより、小学校の頃は、走ることが苦手で、運動会やマラソン大会などでは、目立たなかったと、当時の彼女を知る友人は、そう証言しています。もっとも、最近は体を鍛えるため、プールに通って、長距離も泳げるようになっているそうです。性格は、地味で忍耐強く、美人というより、可愛らしいタイプで、見合い結婚をして、堅実、真面目な主婦だということです」

十津川が、説明を終えると、徳島県警の増田警部が、

「今の話、本当ですか？　B子こと、逆打ちの、小暮昌江ですが、学生時代、陸上部に所属して、マラソンをやっていて、今も、ホノルルマラソンに、参加したりしている。順打ちのA子こと斎藤亜紀子のほうは、小さい頃から運動が、苦手だという。これ、間違いありませんか？」

「ええ、間違いありませんよ」

「そうだとすると、今回のお遍路ゲームは、最初から、B子の小暮昌江が、A子の斎藤亜紀子に、勝つように仕組まれていたんじゃないですか？　歩き遍路で、その上、遍路ころがしのような難所も、あるコースですから、当然、学生時代に、陸上部でマ

ラソンをやっていたり、ホノルルマラソンに参加している、小暮昌江のほうが、運動の苦手な斎藤亜紀子より、有利なことは、誰が見ても、明らかですからね。そうなると、完全な出来レースじゃありませんか？」

「確かに、そういわざるを、得ないかも知れませんね」

「その点について、中央プロダクションは、どう、説明しているんですか？」

「中央プロダクションに、電話をしてみました。答えてくれたのは、例の青木広報部長なのですが、彼は、こんなふうにいったんですよ。A子の斎藤亜紀子と、同じ四十歳の主婦で、一見すると、体つきも、頑丈そうに見えたので、念のために、面接をした。小暮昌江は、高校時代から、マラソンをやっていて、ホノルルマラソンにも、参加した経験があるので、脚力には自信があるから、ゲームには自信があります。彼女は、はっきりとそういったので、何の疑いも、持たずに、小暮昌江をB子にした」

「なるほど。私には、見え透いた弁明のように聞こえますが」

増田は、苦笑している。

「それに、中央プロダクションとしては、時間が、ないので、彼女の言葉を信用して、B子に決め、このゲームを始めたといっています」

「小暮昌江は、ホノルルマラソンにも参加していると、いったそうですが、本当の話なんですか？」

「そうですね。こちらで、調べてみると、小暮昌江は、間違いなく、高校時代、マラソンの選手でした。ホノルルマラソンにも、過去、三、四回参加しているようです」

「となると、小暮昌江という女性が、このゲームに負けることは、まず、あり得ないということになるわけですね。一千万円の賞金は、ほぼ彼女が、手にすることになりますね」

「このゲームが仕組まれていたとすると、彼女を送りこんだのは、スポンサーかも知れませんね」

「問題のレースですが、後半の部分は、まだ放送されていませんよね？　十津川さんは、その結果を、ご存じですか？」

「なかなか、教えてくれませんでしたが、無理矢理、中央プロダクションの人間に、聞きました。やはり、B子の小暮昌江の、勝ちだったそうですよ」

「そうですか、やっぱり、逆打ちの、B子の勝ちでしたか」

と、増田は、笑ってから、

「もう一つ、今回のレースに、かなりの大金が、賭けられているのではないかということですが」

「億単位の金が、賭《か》けられている。だから、中央プロダクションは、テレビ局への、約束のほかに、そうした、大金を賭けている人間がいることを、配慮して、強引にゲームの続行を、主張して実行し、後半を収録したと、そういわれています。しかし、これは、あくまで、噂で、どこの誰が、そんな大金を賭けていたのかは分かりません」

2

今度は、十津川が、増田警部に、質問した。

「藤井寺と焼山寺の間で、A子の斎藤亜紀子の近くで女性が狙撃《そげき》されましたが、この狙撃犯の捜査は、進展しているんですか？」

「残念ながら、容疑者は浮かんでいません。ただ、凶器の銃は、猟銃であろうと、推定されます」

最後に、小さいことだが、十津川自身が気になっていることが話題になった。

「今回の奇妙なゲームに関して、後半の部分で、一人の若い女性の、お遍路のことが気になっています」

北条早苗刑事が、いった。

北条刑事の言葉を、受ける形で、十津川が、

「私たちが、東京で殺された、井上美奈子のことを調べようと思い、彼女が住んでいたマンションに行って、捜査をしていたのですが、その時、部屋の電話が鳴りましてね。私が出たら、若い女性の声で、自分は井上美奈子の姪《めい》で、名前は、小暮由香里だといったんです。なおも、話を聞こうとしたら、これから、お遍路さんになって、四国の札所を回って、歩くつもりですといって、電話を切ってしまったんです。問題は、この女性が、小暮由香里と名乗ったことです」

「小暮といえば、レースに参加した二人の選手のうちの、B子の名前が、確か、小暮昌江さんでしたよね？　これは、偶然の一致でしょうか？」

「私は、この若い娘と、例のゲームの後半にお遍路姿で現れた女性が同一人物ではないかと考えているのです。北条早苗刑事が、彼女にきくと、自分の名前は木村亜矢子だといったそうなんです」

「じゃあ、小暮由香里といったのは、ウソなんですね？」

「そうですね。一応、ウソということに、なりますが、この女性については、はっきりしたことは分かっていません。今回の事件に関係があるかどうかもです。もちろん、

調べてみるつもりではいます」

と、十津川は、いった。

徳島県警の増田警部が、徳島に帰った後、十津川は、やはり一つのことにこだわらざるを得なかった。それは、今回の四国お遍路ゲームに、出場した二人の女性のうち、B子こと、小暮昌江のことである。

今回のゲームを企画し、実行した、中央プロダクションが、最初にこのゲームについての発表をした時、順打ちで、第一番札所の霊山寺から、徳島県内で、最後の第二十三番札所、薬王寺に向かって歩く参加者、そして、逆打ちをする、参加者のそれぞれを、公募と発表した。

そして、二人が、選ばれた。

本名は明らかにしなかったが、A子のほうは四十歳の主婦、毎日のように、プールで二千メートルぐらいを泳いだり、毎朝夫と散歩を、楽しんでいる。

B子のほうも、同じく四十歳の主婦で、十代の時、マラソンの経験があり、現在もホノルルマラソンに参加したりしていると、発表されたのである。

しかし、A子の斎藤亜紀子は、四十歳の主婦ということは、発表された通りだったが、若い頃はスポーツ経験は、ほとんどなく、むしろ、スポーツは嫌いだったということが、分かってきた。

こうなると、増田警部が、いったように、このお遍路ゲームは、最初から、順打ちの斎藤亜紀子が、負けるようになっていたのでは、ないのか？

その点を再確認するために、十津川と亀井は、もう一度、中央プロダクションを、訪ねた。

例によって、青木広報部長が、応対に出てきた。

挨拶《あいさつ》もそこそこに、十津川が、問題の点を指摘すると、青木は、

「実は、それで、困っているんですよ。私のほうでは、応募してきた女性の中から斎藤亜紀子さんを選んだのですが、その時当然、スポーツは、何かやっていますかと、聞きました。そうしたら、スポーツクラブの、プールで、毎日のように、二千メートル泳いでいる。スポーツは、昔から大好きだと、そういったものですから、それを、そのまま信じてしまったんです」

「その点は、前に、電話でお聞きしましたよ。斎藤亜紀子さんが、毎日のように、二千メートル泳いでいるとか、スポーツ大好きということは、確認したんですか？」

「いいえ、確認は、していません。だって、そうでしょう？　彼女を尾行して、プールで泳いでいるかどうかなんて、確認できませんからね。こちらとしては、斎藤亜紀

子本人の言葉を、そのまま信じたと、いうことです」

「しかし、B子のほう、小暮昌江さんのほうは、彼女が、ホノルルマラソンに参加したと聞くと、その時のレースの模様を、撮ったテープを、わざわざ取り寄せて、調べていますね？　それから、朝のジョギングをやっているところを、VTRに収めています。これについては、中央プロダクションから、頼まれて、そのVTRを、撮った業者から、直接、話を聞いているのです。それなのに、どうして、斎藤亜紀子さんのほうは、調べなかったのですか？」

「こちらとしては、まあ、時間が、なかったからとしか、申し上げられませんが」

「こうなってみると、おたくが計画し、実施した、四国お遍路ゲームというのは、最初からB子、小暮昌江が、勝つことに決まっていたようなものですね？」

「そんなことはありませんよ」

「しかし、小暮昌江は、マラソンの経験もあるし、毎日、ジョギングもしていた。それに対して、斎藤亜紀子は、水泳が得意だったといっても、マラソンの経験は、皆無だし、ジョギングもしていない。これでは、斎藤亜紀子が、勝てるわけが、ないじゃありませんか？」

十津川が指摘すると、青木は、今度は、開き直って、

「テレビ番組というのは、時々、こういうことも、あるんですよ。番組の内容を、いかに面白く放送するかというのは、私たちのような制作プロダクションの、腕ですからね」

「もう一つ、こんな、噂も聞いているんですよ。小暮昌江ですが、今回のゲームの、スポンサーの彼女ではないか？　だから、そのスポンサーの顔を立てて、採用したのではないか？　そういう噂も、聞いているんですが、これは、本当ですか？」

「そんなことは、ありませんよ」

「では、小暮昌江が、選手として、選ばれた経緯を、教えてもらえませんか？　当然、B子のほうも、応募者の中から選んで、小暮昌江になったわけでしょう？　その経緯を教えて、もらいたいんですよ。何人かの応募者があって、絞って、最終的には、面接になったわけでしょう？　A子、斎藤亜紀子のほうは、そのように、発表されていますから、B子のほうも、同じように、選んだ筈《はず》ですよね。その詳しいメモとか、資料は、ありませんか？」

「困りましたね」

「何が困ったのですか？」

「テレビの世界というのは、やたらに、忙しいんでね。もう、あの四国お遍路ゲームは、終わったんですよ。それに、資料は全部、死んだ井上美奈子が持っていたはずなんですが、見つからないんですよ」

と、青木はいってから、続けて、

「ウチのディレクターが、疑われているんですか？」

「私たちは、今、殺人事件の、捜査をしています。深大寺の参道で殺されたのは、こちらのディレクター、井上美奈子さんです」

「しかし、彼女が、殺されたのは、ゲームの始まる、四日前でしょう？　今回のゲームとは、何の関係もありませんよ」

「しかし、井上美奈子さんが、最初、この四国お遍路ゲームの責任者だったわけでしょう？　だとすれば、関係がないとは、いえませんよ。また、お遍路ゲームが、始まってからすぐ、お遍路の女性が一人、殺されています」

「あのお遍路さんですけど、身許は、まだ分からないのですか？」

青木が逆に、十津川に、きいた。

「残念ながら、まだ、分かりませんが、少しずつ、今回の事件の、核心に近づいているという感じは、あります」

「深大寺で殺された、井上美奈子も、関係ないし、お遍路の途中で死んだ女性も、ウチとは、全く関係ありませんよ」

「関係ないと、いわれますが、最初から、勝敗の分かっているゲームを、さも正当なゲームのようにして、中央プロダクションは実施し放送したわけでしょう?」

「それなら、斎藤さんのそばで、その女性が殺されたんですから、斎藤亜紀子さんのことを、調べたら、どうですか? 小暮昌江さんを、調べて、どうしようというんですか?」

「青木さんは、小暮由香里という女性を、ご存じありませんか?」

十津川が、話題を変えて聞くと、青木は、宙に目を走らせてから、

「え~と、ああ、そうか、確か、井上美奈子の姪だとかいっていた、変な娘でしょう? ウチとは、全く、関係のない女性ですね」

「そちらが、ゲームの選手として選んだ、小暮昌江さんと、同じ苗字ですよ」

「そうでしたね。小暮昌江さんが、変な疑いを持たれて、困ったし、怒ってもいますよ。その若い女性は、偽名なんでしょう? 何で、小暮由香里なんていう偽名を使ったのか、私にも分からないし、小暮昌江さんも、分からないと、いっていましたね」

と、青木が、いった。

「では、もう一度、小暮昌江さん本人に聞いてみましょう。確か、彼女の住所は、三《み》

鷹《たか》でしたよね？」

3

十津川は、亀井と二人、パトカーで三鷹に向かった。

十津川と亀井は、徳島で、小暮昌江に会っているが、東京の住所を訪ねるのは、これが初めてだった。

彼女の住まいは、三鷹の駅から、歩いて七、八分のところにある、高層マンションだった。豪華なマンションである。小暮昌江は、その最上階に住んでいた。

二人が訪ねた時、一人娘の、七歳になる利江という長女は、学校に、行っていると、昌江は、いった。

「ゲームでの優勝、おめでとうございます。さっき、中央プロダクションの、青木広報部長と会ってきました」

十津川が、いうと、

「私は、もう、あのお遍路ゲームのことは、忘れました。もう、終わったことですからね」

小暮昌江が、警戒気味に、いった。

「しかし、私どものほうでは、まだ、捜査が続いていましてね。忘れたくても、忘れられないのですよ。それで、どうしても、小暮昌江さんに、イヤなことも、お聞きしなければならないのですが、ぜひ、お答えいただきたい」

「それは、構いませんけど、これを、最後にしていただけませんか？　徳島でも、イヤな思いをしましたから」

小暮昌江が、いった。

「あなたが、今回の四国お遍路ゲームの参加者に選ばれた時のことを、お聞きしたいのですが、最終的には、何人に、絞られたんですか？」

亀井が、きいた。

「私を、含めて五人でした。最後に、その五人の中から、B子を選ぶことになりました。私以外の方は、皆さん、とても、お元気で、控え室で、話を聞いていたら、ほかにもマラソンの経験者がいらっしゃいましたから、きっと、私以外の方が、選ばれるだろうと、思っていたのです。ところが、なぜか分かりませんが、私が選ばれてしまったのです」

「ほかの四人の人のことを、覚えていますか？」

「いいえ、全部の方は、覚えていませんけど、皆さん、家庭の主婦でした」

「特に、印象に残っている人は、いますか？」

「そうですね。一人、田中美千子《たなかみちこ》さんという人がいました。とても、背の高い方で、高校時代、走り高跳びで、国体に出たことがあると、おっしゃっていました。私は、その人が、きっと、選ばれるだろうと、思っていたんですけど」

昌江の話し方には、淀《よど》みがなかった。

しかし、十津川は、別に驚かなかった。中央プロダクションが、初めから、小暮昌江をB子に選ぶつもりでいても、形としては、最後に、五人を残し、そのあと、面接で、選んだことになっているだろうと、思っていたからである。

「今、ご主人は？」

と、十津川が、きいた。

「会社に、行っております」

「ご主人の会社は、どのようなことをやっている会社ですか？」

「小暮電機という、小さな個人会社ですけど、そこの社長を、やっています」

と、昌江が、いった。

「失礼ですが、小暮さんは、昔、芸能界にいらっしゃったんじゃありませんか？」

と、十津川が、きいた。

「ええ、二十代の時、少しだけ、芸能界で売れましたけど、今ではCMモデルやテレビドラマの端役ぐらいしかしていませんわ」

「つかぬことをお聞きしますが、賞金の一千万円の使い道は、もう決まっているんですか」

「主人が会社を経営してるので、その運営資金として、使ってもらおうかと、思っていますわ」

「もうそろそろ、おいとましようか？」

急に、十津川が、亀井に、いった。

亀井は、不満そうに、

「ほかにも、聞くことが、あるんじゃないですか？」

小声で、きく。

「いや、もう、聞くべきことは、大体聞いたよ」

と、いって、十津川は、立ち上がった。

パトカーに戻ると、亀井は、まだ、不満げな顔で、

「どうして、急に、帰るとおっしゃったんですか？　スポンサーのこととか、殺され

た身許不明のお遍路のこととか、聞かなくてはいけないことは、いくらでも、あったんじゃありませんか？」

「あることはあったが、まともには、答えてくれないだろう。そう思ったから、ひとまず、撤退することにしたんだよ。それに、早急に、調べたいことができたしね」

と、十津川が、いった。

「調べたいことって、何ですか？」

「あの、リビングルームだがね」

「豪華でしたね。うらやましいですよ」

「壁に、パネルにした、写真が、何枚か、貼《は》ってあっただろう？」

「ええ、ありましたね。しかし、その中に、例のお遍路ゲームの写真は、ありませんでしたよ」

「ほかに、気がついたことはなかったのか？」

「あのパネル写真の中にですか？」

「そうだよ」

「私は、今もいったように、お遍路ゲームの写真でも、あればと思ったのですが、なかったので」

「あの写真の中の二枚には、二つのテレビ番組で共演した有名な俳優と、小暮昌江が、一緒に写っていた」

「そうでしたか」

「私には、あの、テレビの番組を、見た記憶があるんだよ」

「ええ？」

「小暮昌江が、あれに、出ているとは思わなかった。これからすぐ、あの二つの番組を、放送したテレビ局に、行ってみるつもりだ」

と、十津川が、いった。

二人は、都内にある二つのテレビ局に行った。最初に行ったテレビ局で、十津川が、小暮昌江の自宅のリビングで見た、テレビ番組の担当プロデューサーに話を聞いた。

十津川は、前もって、用意してきた小暮昌江の写真を、その、プロデューサーに見せた。

「あの番組に、この女性が、出ているんですが、覚えていますか？」

十津川が、聞くと、プロデューサーは、あっさりと、うなずいた。

「確か、小暮昌江さんでしょう？　強引に、あの番組に、出すことになったので、そのシーンを作るのに、一苦労しましたよ。確か、彼女が出たのは、主人公と一緒に、登場する場面でした」

二つ目のテレビ局の、プロデューサーは、

「前もって、彼女の写真を、見せられました。局長から、この人は、スポンサーの大事な人だから、何とか、今度のドラマに、出演させて欲しいんだ。そういわれていたので、台本を、作る段階から、何とか、彼女を登場させるシーンを作りました。後で局長から聞いたところ、彼女はスポンサーの愛人だといわれました。十年以上の不倫の仲だと、いってました。高慢で派手な女でしたが、スポンサーは女のいいなりだったそうです」

と、いった。

「そのスポンサーの名前を、教えてもらえませんか？」

と、十津川が、頼むと、プロデューサーは、当惑した表情になったが、

「もし、教えて、もらえなければ、こちらで、勝手に調べますよ」

十津川が、強くいうと、

「私が話したことは、内密にしてもらいたいんですよ。あくまでも、あの番組のビデオを見たら分かったと、そういうことに、してもらいたいのです」

プロデューサーはそう念押しして、Ｍ・エレクトロニックスと、教えてくれた。

捜査本部に戻ると、十津川は、亀井に、日下刑事に小暮電機の内情を調べさせるようにいい、黒板に、M・エレクトロニックスと書いた。

M・エレクトロニックスは、日本では大手の電機メーカーであり、同時に、社長が、ワンマンであることが、いろいろなところで、噂されている、会社でもあった。

そのワンマン社長の名前は、太田黒《おおたぐろ》淳一《じゅんいち》といった。まだ五十二歳という、若い社長である。

「これで、捜査の壁が、突き崩せるのではありませんか？」

亀井が、興奮した口調で、いった。が、十津川は、いたって冷静に、

「いや、まだ、何も分かっていないようなものだよ」

「しかし、これで、あの小暮昌江が、お遍路ゲームの参加者に選ばれたのは、M・エレクトロニックスのワンマン社長、太田黒が、強引に、彼女を推したからだと、分かってきたんじゃありませんか？」

「おそらく、そうだろう。しかし、それだけじゃ、今回の殺人事件の解明はできない」

「そうでもありませんよ。これで、動機が、はっきりしたじゃありませんか？」

と、亀井が、いう。

「そうだろうか？」

「今でも、あの番組をネタにして、大変な金額が、賭けられていたという噂がありますよね？　その当事者の一人が、M・エレクトロニックスの太田黒社長なんじゃないんでしょうか？　彼は、誰かと、賭けをした。そして、B子が勝つほうに、賭けたんじゃないでしょうか？　彼は、中央プロダクションから、A子が、水泳はやっているものの、子供の頃から、運動は苦手だったという話を聞いていた。逆打ちのB子のほうには、自分の女、小暮昌江を出した。小暮昌江は、マラソンの、経験もあり、足腰を鍛えていることを、知っていますから、B子に賭ければ、間違いなく、勝てるんですよ」

「深大寺で、井上美奈子が殺された動機も、解明できるのかね？」

「ええ、できるんじゃ、ありませんか？　井上美奈子は、お遍路ゲームの、ディレクターでした。ですから、いろいろと、内情を知っていた。まじめな彼女は、八百長ゲームには反対で、小暮昌江を、あのゲームから外そうと、考えていたのではないでしょうか？　それで、太田黒社長は、井上美奈子を何とか、説得しようとしたが、ダメだったので、口を封じてしまった。これで、あの殺人事件の謎は、解けたんじゃ、ありませんか？」

ね?」

「徳島で、お遍路さんが一人、殺されている。こちらのほうも、説明がつくのかね?」

十津川が、亀井に、きいた。

「そうですね。何とか、説明がつくような気がします」

「じゃあ、説明してみたまえ」

「大事なスポンサー、M・エレクトロニックスの太田黒が推す小暮昌江を、何とかして、勝たさなければならないのです。そこで、藤井寺と焼山寺の間で、リードしていた斎藤亜紀子に、中年のお遍路が、話しかけたのを利用して、脅しのつもりで、撃ったんですよ。もちろん、殺すつもりは、なかったと思います。ただ脅かせばいい。そういうつもりで、撃ったのが、あの中年の、お遍路に当たってしまった。お遍路の身許は、分かりませんが、撃たれた理由は、納得できるのではありませんか?」

4

次の捜査会議では、この亀井の考えが取り上げられた。

亀井の話を、じっと、聞いていた刑事部長の三上は、

「なかなか、素晴らしい推理だと思うね。徳島で死んだ、中年女性のお遍路の身許が、いぜんとして分からないのは、気になるが、しかし、今の亀井刑事の推理で、今回の一連の事件が、一応説明が、つくのではないのかね？」

と、いって、十津川を見た。

「刑事部長のおっしゃるように、一応、うまく説明は、つきますが、私は、どうしても、殺されたお遍路の身許が、分からないことが、引っ掛かってきます」

「確かに、私にも、その点は不満だが、しかし、亀井刑事の説明は、しっかりしているよ。第一、あの中年女性のお遍路が、別の、お遍路だったとしても、撃たれる理由が、あったんだ。亀井刑事のいうように、何とかして、B子こと小暮昌江を、勝たせなければならなかった。だから、猟銃を持った男が、お遍路のルートを、監視していた。おそらく、興味からだろう、一般の、お遍路の一人が、斎藤亜紀子に、話しかけてきた。その瞬間を狙って、犯人は、銃を撃った。もちろん、殺すつもりなどは、これっぽっちもなかっただろう。銃声に驚いて、斎藤亜紀子がおじけづけばいいんだ。ところが、お遍路にそれが命中してしまった。これで一応、説明がつくんじゃないのかね？　第一、亀井刑事の推理の、元になったのは、十津川君、君が小暮昌江の、マンションを訪ね、リビングにあったパネルの写真から、スポンサーの名前を、割り出した。そのことが、引き金になっているんじゃないのかね？　その君が、どうして、不満なのか、私には、よく分からんね」

三上が、首をかしげている。

「私の疑問は、それほど強いものではないのですが、殺されたお遍路の身許が、判明しないことと、小暮由香里という偽名を使ったと思われる、木村亜矢子という若いお遍路のことが、どうしても、気になるのです」

「それなら、もう一度、中央プロダクションを、訪ねて、その点を、聞いてみたまえ。そして、君自身が、突き止めたスポンサーのことについて、質問したらどうだろう？　正直に答えないようだったら、青木広報部長をこちらに同行してもらってもいい」

三上は、強い口調で、いった。

夕方、小暮電機を調べていた日下刑事から、会社の経営状態が悪く、一千万近い負債をかかえ、その金策で大変らしいという、報告があった。しかも、昌江の夫には愛人がいて、小暮夫婦は別居状態で、いつ離婚してもおかしくない状況だという。

5

十津川と亀井は、翌日、再び、新宿にある中央プロダクションを訪ねた。

三上の命令だったが、十津川自身も、もう一度、訪ねる気に、なっていたのである。

その途中で、十津川は、亀井に向かって、

「今回は、少しばかり、相手を、脅かすことにするよ。カメさんも、その気になっていてくれ」

青木広報部長に会うと、十津川は、いきなり、

「今回、正直に、話してもらわないと、あなたと、このプロダクションの、近藤社長に、署まで、来てもらうことになりかねないからね」

と、脅かした。

さすがに、青木の顔が、少しばかり、強ばった。

「今までもずっと、正直に、お話ししているつもりですが」

「その調子でお願いしますよ。問題のお遍路ゲームのスポンサーは、番組を、調べて分かりました。M・エレクトロニックス。社長は、ワンマンで知られる、太田黒淳一

さん。これで、間違いないですね？」

「いえ、もう一つ、相乗りのスポンサーがいます。それは」

と、青木が、いいかけるのを、十津川は、遮って、

「もう一つの、スポンサーは、関係ないんですよ。小暮昌江さんですがね。そのスポンサーが、強く推したので、おたくのプロダクションでは、参加者の一人にした。最初から勝つのが、分かっていて、選手にしたんですよね？　その通りですか？」

十津川が、きくと、青木は、少し考えてから、

「そういわれれば、そうかも知れません。十津川さんにも、分かってもらいたいのですが、この世界で、いちばん強いのは、スポンサーで、スポンサーの意向には、逆らうことが、できないんですよ」

「だから、スポンサーが、推薦した小暮昌江を選んだんですか？」

「ええ、そうです。この世界には、よくあることで、ウチだけが、やっているわけじゃありませんよ」

「それからもう一つ、今もいったように、最初から、B子の小暮昌江が、勝つように仕組まれていた、出来レースだった。しかし、絶対ということはないから、万一の用意はしていたんじゃないですか？」

「用意といいますと?」

「歩き遍路の途中で、例えば、B子に邪魔が入ったり、あるいは、ケガをしたりして、万が一、A子に、負けそうになった時、どうしたらいいか、あらかじめ用意をしていたんじゃないか? そういうことですよ」

「十津川さんのいわれることが、私には、よく分かりませんが」

「誰かに、猟銃を持たせて、A子の、斎藤亜紀子と一緒に、遍路のルートを、歩かせていたんじゃないですか? 射殺事件がおきるまで、A子の斎藤亜紀子が、リードしていたことは、分かっていたんです。だから、斎藤亜紀子を怖がらせ、やる気をなくさせるため、お遍路のひとりが話しかけてきたときを、狙って、銃を発射した。もちろん、殺すつもりは、なかった。ただ単に、脅かすつもりだったんでしょう。ところが、弾丸が、たまたま、その、お遍路に当たってしまった。このことを、あなたは認めますか? もちろん、認めるでしょうね、猟銃を持った人間を、用意しておいたということをですよ」

十津川が、睨《にら》むように、青木を見ると、相手は、狼狽《ろうばい》した顔で、

「とんでも、ありませんよ。あの事件は、こちらとしても、予期していないことだったんです。本当に、ビックリしてしまって、番組が、めちゃくちゃに、なりそうで、

一時、本当に大変な騒ぎだったんです。何とか収拾して、ゲームを、続けて番組を作ることができたので、ホッとしているのです。今でも、あの時のことを、思い出すと、ゾッとしますよ」

「しかし、絶対に、B子に勝たせる。それは、あのお遍路ゲームの、鉄則だったんでしょう？ それなら、万一に備えて、いろいろと、用心していたはずですよ。まさか、何の用心もなく、絶対に、B子の、小暮昌江が勝つと、信じていたんですか？」

「万が一ということも、考えていましたけどね。しかし、B子が負けそうになったら、A子のほうに、邪魔をつければいいんです。簡単なことですよ。ウチの社員の何人かが、A子とB子の両方に、お遍路姿で、付き添っていましたからね。携帯で、合図を送れば、B子が遅れそうになったら、A子の斎藤亜紀子に、邪魔を入れればいいんです。簡単なことじゃありませんか？ 何も猟銃で、撃たなくてもいいんです」

「それでは、猟銃を持った人間を、待機させておいたのは、中央プロダクションの、関係者ではないと、いうのですか？」

「当たり前でしょう。今もいったように、A子の斎藤亜紀子を、遅らせることは、簡単でしたからね。小暮昌江が、一般のお遍路に話しかけられて、困ったとしたら、同じことを、斎藤亜紀子に対して、仕掛ければいいんですから。何も、猟銃で撃つ必要はないんですよ」

「じゃあ、猟銃を撃ったのは、誰の考えなんですか？」

「そんなこと、私に、分かるはずがないじゃありませんか」

「スポンサーのM・エレクトロニックスの社長、太田黒さんに、会ったことがありますか？」

十津川が、話題を変えると、青木が、ホッとした顔になって、

「ええ、もちろん、お会いしたことは、ありますよ。大事な、スポンサーですから」

「どんな人ですか？」

「まだ、五十二歳の若さで、前社長の北川源一《きたがわげんいち》さんから、引き継いだ会社を、あれだけ大きくしたのですから、大変な人だと、尊敬していますよ。ワンマンだとか、いろいろといわれていますが、ワンマンだって、あれだけ、実力があれば、いいんじゃありませんか？」

「太田黒さんは、ギャンブルが好きですか？」

「そうですね。嫌いじゃないでしょう。競走馬を、二十頭以上持っていると聞いたし、ラスベガスに行って、向こうで、大負けしたという話も、聞いていますから」

「今回の四国お遍路ゲームですが、計画の段階で、太田黒さんには、話していたんで

しょうね？」

「ええ、話していましたよ。小暮昌江さんを、出演させることも含めて、話をしました」

「小暮昌江さんは、太田黒社長の愛人という、噂がありますが、本当ですか？」

「ええ、社長は過去に、二度ほど離婚歴が、ありますが、今は独り身だと聞いています。小暮昌江さんとは、十年以上つづいている間柄だと聞いています。社長は、昌江さんに惚《ほ》れこんでいて、映画やCMにでたいという、彼女の希望は、なんでもかなえてやっていました」

「太田黒さんが、ゲームをタネにして、大金を、誰かと賭けたということは、聞いていませんか？」

「そういう噂があるらしいですが、それが本当かどうかは、知りませんよ」

「あの番組が、放映された後、スポンサーの太田黒さんに、会っていますか？」

「いいえ、会っていません。とにかく、少しごたつきましたけど、ゲームは、全部終了しましたし、番組の後半も、やっと昨日、放送されましたからね。その報告を、M・エレクトロニックスの本社のほうに電話をしました。そうしたら、秘書の方が出て、社長は、番組が、うまくいったので、満足している。それから、一週間ほどの予定で、仕事でアメリカに行っている。そのように、いわれました」

「では、太田黒社長は、今、アメリカですか？」

「ええ、そうらしいですよ。社長は、とにかく忙しい人で、アメリカに行ったり、韓国に行ったり、中国に行ったり、大変らしいですよ」

6

十津川は、捜査本部に戻る前に、途中の喫茶店に入り、亀井と、お茶を飲むことにした。二人で、話し合っておきたいことがあったからである。

「カメさんの感想を聞きたいな」

「青木広報部長のことですか？」

「ああ、そうだ」

「何となく、本当のことと、ウソのことを、混ぜて話しているような、そんな、感じがしましたね」

と、亀井が、いった。

「それで？」

「スポンサーの太田黒社長が、今、アメリカに、行っているというのは、本当のことでしょう。調べれば、簡単に分かることですからね。太田黒社長が、あのゲームをタネに、大金を賭けていたという、噂は聞いているが、本当のところは、知らないというのは、どうも、怪しいですね」

「じゃあ、太田黒社長が、大きな賭けをしていたというのは事実で、あの青木広報部長も、知っていると、カメさんは、見ているんだな？」

「そうです。だから、ただ単に、スポンサーの御機嫌を取るために、小暮昌江を選んだというのでは、ないと思うのですよ。太田黒は、大きな、賭けをやっていた。億単位の賭けをですよ。ですから、絶対に、B子の小暮昌江が、勝たなくてはならなかったのです」

「それで？」

「ですから、用心深く、猟銃まで、用意していたのでは、ないでしょうか？　ただ単に普通の賭けで、スポンサーの御機嫌を、取るためにだけ、片方に、勝たせるというのなら、別に猟銃なんか、いらないんですよ。青木広報部長がいっていたように、邪魔をする人間を、用意しておけば、いいんですからね。ただし、それがうまく行くかどうかは、分かりません。ですから、絶対に、B子が勝つように、猟銃まで、用意した。何しろ、スポンサーの、ワンマン社長が、億単位の金を、賭けていたんですから」

「そうか、そういう、説明もあるか」

「いや、私には、ほかに、説明のしようがありませんが、警部には、まだ、不満ですか？」

「不満というよりも、どうも、引っ掛かることがあってね」

と、十津川は、いった後で、

「私は、これから、徳島に行って来る。君は、捜査本部に戻って、今日のことを、刑事部長に聞かれたら、君が考えた通りのことを、しゃべっておいてくれたまえ」

7

十津川は、その日の最終便で、羽田から徳島に向かった。

空港には、増田警部が、出迎えてくれた。

増田警部は、興奮していた。

空港近くの、喫茶店で話をしたのだが、増田は、

「亀井刑事の話、聞きましたよ。まるで、目から、ウロコが落ちたような気分で、今回の一連の事件を、見直すことができました。これが、正解でしょう」

「確かに、亀井刑事の話は、筋が、通っていますが、依然として、銃を撃った犯人も、分からないし、藤井寺と焼山寺の間で、撃たれて死んだ、一般のお遍路の身許も、分からないわけでしょう？　この二つがはっきりしないと、今回の一連の事件は、解決したことにはなりません」

と、十津川が、いった。

「犯行に使われた猟銃のほうは、徳島市内の銃砲店から、盗まれたものだと分かりました」

「しかし、殺されたのは、一般のお遍路と、いわれていますよね？　その身許が分からないというのは、私には、不思議で、仕方がないんですよ」

「確かに、不思議ですが、お遍路さんというのは、いろいろな、事情があって、お遍路になるわけです。夫を亡くした女性とか、あるいは、子供を亡くした両親とか、時には、この世の中に、何の未練もなくなって、自殺をしたいのだが、それもできない。わずかな救いを求めて、お遍路に、なったという人もいます。身許の分からない、問題のお遍路ですが、おそらく、これといった、家族もなく、お遍路で歩いてみて、それでも、救いが得られなかったら、自殺するような覚悟で、歩いていた人では、なかったのでしょうか？　自殺した時、知り合いの人に、迷惑をかけてはまずい。そう思ったので、身許を、証明するようなものは、全て処分してから、お遍路になった。そんなことも、考えられますからね」

と、増田が、いった。

「なるほど。そういう、お遍路さんもいるわけですね」

「さまざまな理由で、お遍路に、なっているんですよ。おそらく、亀井刑事がいうように、そんな、お遍路がいることを知らなくて、ただ、ひたすら、B子を勝たせようと、思って、誰かが、銃を用意しておいたのでしょう。もちろん、脅かすためにです。その時、たまたま、問題のお遍路が、A子に近づいて、声をかけようとした。同じお遍路ですから、彼女は、A子から、何か救いになるような話でも、聞けないかとでも思ったのでしょう。ところが、B子を勝たせなければ、ならないという、指示を受けていた犯人は、チャンス到来と思って、銃を撃ったのでしょう。亀井さんもそういっていますが、このこと、納得できますよ」

「少しばかり、偶然が、重なりすぎますね」

と、十津川が、いった。

「たまたまが、多すぎますか?」

「ええ、そうです。多すぎます。殺されたお遍路は、たまたま、生きる意欲を失って、自殺を考えながら、お遍路をしていた。だから、人に迷惑をかけては、いけないので、身許の分かるようなものは、全て、捨てていた。そのお遍路が、たまたま、テレビ番組のゲームで、参加者として動いていた、A子に話しかけた。それを、たまたま、見張っていた犯人が、銃を撃った。犯人は、A子を脅かすつもりで撃ったのだが、それがたまたま、当たってしまって、お遍路が死んでしまった」

「偶然が多すぎますが、偶然が重なることだって、ないことも、ないでしょう?」

「それは、そうですが、こうなると、犯人を見つけて、その偶然を、証明しなければなりません」

「確かに、犯人を、捕まえなければ、事件が解決したことには、なりませんが」

「猟銃を撃った人間は、かなりの腕前で、百メートル離れた場所から、撃って、問題の、お遍路の心臓に命中させた。素晴らしい腕前の、持ち主だということに、なっていましたね?」

「ええ、そうです」

「そうだとすると、脅しのつもりで、撃ったのが、たまたま、心臓に命中してしまったということに、なってしまいますよ」

「それも、偶然かも知れませんが、あり得ると、思いますよ」

と、増田警部が、いう。

「使われた猟銃が、徳島市内で、盗まれたものだということですが、盗まれた人に、会えますか？」

「もちろん、会えますよ。かなりの資産家で、猟友会の会長をしており、趣味がこうじて、銃砲店まで経営している人ですから」

と、増田は、いった。

増田警部に、案内されたのは、徳島市内で、祖父の代から、藍《あい》の問屋をやり、ほかにもいくつか会社を経営している小池《こいけ》という男のビルだった。

今も昔も、資産家という感じで、大きなビルの中にある店に、入っていくと、当主の小池が、三十丁も、あるという猟銃の中から、代表的なものを、五丁ほど、見せてくれた。

「これは全て、イギリス製です。もう一丁、イタリア製で、いちばん、高いものがあったのですが、それを、盗まれてしまいました。その上、それが、今回の事件に、使われたらしいと聞いて、もう怒り心頭ですよ」

と、小池が、いった。

「どんな状況で、盗まれたのですか？」

十津川が、きいた。

「三月の二十日から、四月の初めまで、実は一家揃《そろ》って、ブラジルに、旅行していました。ブラジルにも、日系の人で、藍を栽培している人がいて、ぜひ来てくれといわれていたので、一家全員で、出かけたんですよ。その間、閉店にして、従業員にも休暇を与えていたんです。そして、四月三日に、帰ってきて、盗まれていることに、気がつきました」

「そのイタリア製のいちばん高い銃を、一丁だけ盗まれたのですか？」

「ええ、そうです」

「その一丁だけ、別に、保管してあったのですか？」

「いや、この五丁と一緒にして、並べてしまっておきましたから、盗んだ犯人は、かなり銃に、詳しい人間じゃないかと、思いますね。並べてあった六丁は、全て、高価なものなのですが、その中でも、いちばん、高い銃を、盗んでいったのですから」

「犯人は、銃に、かなり詳しい人間だとおっしゃいましたね？　とすると、その犯人ですが、射撃の腕前も、かなりのものでしょうか？」

「おそらく、そうでしょうね。銃になじみのない人間なら、六丁も、並んでいたら、どれがいちばん高価かなんて、分かりませんよ。それに、素人なら、二、三丁一緒に、持っていくんじゃないでしょうか？　それなのに、一丁だけ盗んでいきましたからね。銃に詳しいし、もちろん、射撃にも、慣れている人間じゃないかと思いますよ」

と、小池が、いった。

「最後に、もう一つだけ、お聞きしたいのですが、盗まれた銃で、百メートルの距離から撃って、そうですね、例えば、十センチ四方の的の中に、命中させることは、難しいですか？」

十津川が、きくと、小池は、笑って、

「百メートルで十センチですか？　まあ、あの銃を使えば、十発中八発は、命中するんじゃないですか？　もちろん、使う人の、腕がよければですが」

今回の犯人は、脅かすために、撃ったのであろうが、その弾丸が命中して、一人のお遍路の、心臓を撃ち抜いてしまった。

しかし、この犯人は、最初から、そのお遍路の女性を狙って、撃ったのではないだろうか？　もし、殺すために、狙ったのだとすれば、亀井刑事が、考えたストーリーは、狂ってしまう。

第七章　ゲームの勝者

1

十津川は、事件を、全く、別の目で見ることにした。

問題になるのは、身許不明のまま、撃たれて死んだ、中年のお遍路の女性である。この女性は、今まで、A子こと、斎藤亜紀子の、まきぞえをくって、撃たれたと思われていた。

しかし、その考えは、変えなければならないと、十津川は、思い始めている。

最初から、彼女は、殺されることになっていたのではないのか？　しかし、普通に殺したのでは、怪しまれてしまう。そこで、斎藤亜紀子を狙《ねら》ったように見せて、このゲームに、大金を賭《か》けていた人間に、運悪く撃たれたということにした。

周りにいたお遍路の多くが、被害者は、斎藤亜紀子に、声をかけようとしていたと、証言している。

ひょっとすると、斎藤亜紀子のほうから声をかけたということはないだろうか？

しかし、そんなことをすれば、近くにいたお遍路が、気づいてしまうだろう。番組で、どちらが、早く着くかを競っている時に、参加者のほうから、たまたま、近くにいたお遍路に、声をかけることなど、やはり考えられないことだろう。

とすると、やはり、殺された女のほうから、声をかけたことになる。

それに、斎藤亜紀子の、関係者をいくら調べても、被害者の身許は、分からなかった。

もし、彼女が、関係がないとすると、B子、小暮昌江が問題になってくる。昌江は、斎藤亜紀子のように、応募者の中から、選ばれたというわけではない。

小暮昌江は、スポンサーの愛人で、最初から、お遍路ゲームの片方に、選ばれることになっていた。しかも、マラソンの経験もあり、今でもジョギングをかかさない。

ホノルルマラソンにも、出るくらいだから、体力脚力は抜群なのだ。小暮昌江が、勝つことはまず、最初から分かっていることだった。

小暮昌江は、スポンサーの太田黒社長とは、深い付き合いで、その寵愛《ちょうあい》を一身にあつめていた。太田黒は、彼女の頼み事は、どんなことでも、かなえてやっていたという。昌江は、夫の経営する小暮電機が、多額の負債を抱えて、倒産寸前なので、一千万円を、夫にわたせば、離婚できると、太田黒社長に資金援助を、頼んだのだろう。太田黒は、自分の会社がスポンサーになって、お遍路ゲームを放映するのを利用して、小暮昌江をレースに出して、賞金の一千万円を獲得させ、合法的に彼女に援助しようとしたのだろう。いやそれだけではない。ゲームで優勝すれば、番組で称賛され、スポーツ新聞やテレビのワイドショーなどにも取り上げられ、脚光を浴びて、タレントや女優としてお呼びがかかることだって、ないことではない。

もしかすると、昌江のほうから、太田黒に、遍路ゲームに出させてくれと頼んだことも、考えられる。射殺された女性が、B子こと、小暮昌江が選手として、不正に選ばれたことや、小暮昌江が、脚力に絶対の自信を、持っていることを、知っていたとしたら、どうだろう。ゲームの途中、被害者は斎藤亜紀子に、「頑張って」と声をかけたようだったという。となると、義憤を覚えた被害者は、斎藤亜紀子が負ける可能性が、高いと思って、励ましのアドバイスを、与えようとした。そして撃たれた。事実、斎藤亜紀子は、まったく面識のない人だったと、いっている。

と、すると誰もが、被害者は斎藤亜紀子と、間違われて撃たれたと、考えたが、彼女は最初から殺されることに、なっていたのではないのか。

次の問題は、被害者がなぜ、身許不明なのかという点である。

彼女は、最初から身許を証明するものを、何も持っていなかった。カルティエの腕時計と指輪そして四十万円が、入った財布だけだった。時計と指輪、財布はブランド品だったが、そこから身許を割り出すことは、できなかった。多額の現金を持っていたことから、金持ちの女性であることは、うかがい知れた。では、なぜ彼女は身許を証明するものを、何も持っていなかったのか、十津川は考えた。

被害者が、深大寺で殺された井上美奈子と、親しい関係だったら、どうだろう。美奈子が殺されたことで、美奈子が担当していた遍路ゲームが、どうなってしまうのか、みとどけるために、あるいは、美奈子を殺した犯人が、遍路ゲームに参加しているかも知れないと、思って、急いで四国に向かったことは、ありえるのだ。金さえ持って行けば、遍路の衣装や杖《つえ》などは、札所で買い求めることが、できる。

だが井上美奈子には、親しく付き合っていた女友達はいなかったと、宮崎の実家の母親が、いっていた。それに、井上美奈子と被害者は、年齢的にも離れており、長い付き合いの友人というには、無理がある。

十津川は、さらに、推理を進めていった。

ここまでくると、身許不明で、死んだ女性は、小暮昌江の、周囲にいる人物ということに、なってくる。彼女は、被害者が誰なのか、おそらく知っているにちがいない。しかし、今、小暮昌江を訊問《じんもん》しても、本当のことは、いわないだろう。

したがって、推理によって、身許を明らかにしていくより、仕方がない。

ここに、一人の女性を、殺したいと思う人間がいた。そこで、今度の、お遍路ゲームを、利用することにした。彼女は、お遍路ゲームの中で、A子、斎藤亜紀子に、声をかけようとして、撃たれて死んだことにする。

こうすれば、動機が、不明になって、自分に疑いが、かかることはない。そう読んで、その人間は、今回の、殺人計画を立てたのだろう。

それにしても、どうして、被害者の女性の身許が、今になっても、分からないのだろうか？　身許を証明するようなものを、何も持っていなかったとしても、有名人ならば、簡単に、名前が分かっただろう。

だから、有名人ではないのだ。

だが、ある人間にとって、あるいは、あるグループにとって、どんなことをしてでも、彼女を殺す必要が、あったことになる。普通、殺人の動機は、愛憎か、金か、この二通りと考えられている。

彼女が、誰かの憎しみを買っていて、そのため、殺されたということは、考えられるだろうか？

十津川の推理が、正しければ、彼女は、このお遍路ゲームに、参加している斎藤亜紀子を励まそうとした。

その上、身許を証明するようなものは、何一つ持たずに、お遍路の格好をして、このゲームに、参加した。

つまり、人がいいのだ。

こんな女性が、殺されなければならないほど、周囲から、憎まれているとは、とても考えられない。

とすると、彼女が殺された理由は、金ということも、考えられる。

十津川は、この推理に、亀井を含めた、ほかの刑事たちも、参加させることにした。

十津川が一人で推理していると、迷路に入り込んでしまう、恐れがある。その点、何人もの人間で、推理を戦わせれば、間違いも、少なくなるだろう。

「この身許不明の女性は、資産家で、金のために、ゲームに、かこつけて殺された。ここまでは、間違っていないと思う。それも、ただの財産家ではないと思う。かなりの資産を持っている人間なんだ。だから、それで、命を狙われた」

十津川が、いうと、西本刑事が、

「それならば、どこかからか、身許が割れてくるんじゃないでしょうか？　億単位の資産家ならば、隠そうとしても、隠しきれないと思うのですが」

「そこが、面白いところだと、思うんだよ。もし、彼女が、現役の、女社長でもあれば、その会社で働いている、従業員が、何人もいるわけだから、その従業員の口から、身許が、割れてくることが、考えられる。それがないということは、彼女は、現役の、社長ではないんだ。つまり、大変な資産家だが、今は第一線から、退いている。隠居の身分で、悠々自適の生活を、送っている。だから、身内の人間は、彼女のことを、知っているが、世間は全く知らない。そういう状況の、女性ではないかと、思っている」

「しかし、彼女には家族や、親戚《しんせき》がいるわけでしょう？　そういう人たちが、どうして、名乗り出てこないんでしょうか？」

日下刑事が、きいた。

「彼女のことを、よく知っている身内は、全て、敵なんだよ」

「敵といいますと？」

「彼女の周りにいる人間全てが、敵というか、彼女の財産を、狙っている。その連中は、死んだ、いや、殺された、お遍路の身許が、割れないほうがいいと、思っているから、誰も名乗り出てこないんだよ。今もいったように、世間的には、全く、知られていない女性だから、周りの人間が、黙っていれば、身許が割れてこないのも、当然なんだ」

「しかし、このままだと、結局、彼女の身許が分からないままに、なってしまうんじゃありませんか？　警部は、小暮昌江の、知り合いだろうといわれましたね？　だとすれば、小暮昌江の周囲の人間を、調べていけば、自然に、問題の女性に、突き当たるんじゃありませんか？」

亀井が、いった。

「私もそう思ったから、少しばかり、小暮昌江の周辺を、調べてみたんだ。しかし、問題の女性は、見つからなかった。小暮昌江が、犯人の一味だとすれば、彼女からもれるのを期待するのは、難しいよ」

「小暮昌江の、周辺にいる人間じゃないとすると、どうして、徳島県警で、最初に被害者の写真を見せて、知らないかと、訊問したとき、苛立《いらだ》ち動揺したんでしょう。私は当然、小暮昌江は被害者と面識があると思います」

北条早苗刑事が、いった。

「私も最初は、どうして、小暮昌江の周辺を調べても、問題の女性に、たどり着けないのか、それが、分からなかった。ただ一つだけ、可能性があると、思ったことがあるんだよ。それは、誰かに紹介されて、小暮昌江は、問題の女性を、知っていたということだ」

「誰かに、紹介されてですか？」

と、早苗は、少し考えてから、

「小暮昌江は、一応、形としては、応募者の中から、選んだということになっていますけど、本当は、スポンサーの、推薦です。そのスポンサーに、紹介されたんじゃありませんか？」

「その可能性は強い」

「あの番組のスポンサーは、M・エレクトロニックスで、社長は、太田黒淳一という、五十二歳の男です。そのスポンサーが、強力に推薦したのが、小暮昌江だとすると、この太田黒淳一が、小暮昌江に、問題の女性を紹介した。そういうことになってきますか？」

「これは、あくまでも、私の推理なんだがね」

「スポンサーの太田黒淳一が、あの番組を使って、億単位の、バクチをやっている。

それに負けると、大変なことになってしまうのでいろいろと、画策した。そういう噂《うわさ》について、警部は、どう、思われているんですか？」

亀井が、きいた。

「今回のお遍路ゲームの狙いが、問題の女性を殺すことに、あったとすれば、億単位のバクチというのも多分ウソだ。第一、有名な、電機メーカーの社長が、番組を利用して、億単位のバクチを打っていた。もし、そんなことを、しているのが分かったら、今の時代、世間の顰蹙《ひんしゅく》を買って、会社の信用にも、影響を来《きた》してしまうから、そんなことを、するわけはないじゃないか？　だから、あれは、単に、そんな噂を、流していただけだよ。警察の捜査を混乱させようとしてね」

「スポンサーの、太田黒淳一が、もし、小暮昌江に問題の女性を、紹介したとすると、その女性は、太田黒淳一の、周辺にいる女性ということになってくると、思いますが」

「では、明日、太田黒淳一の周辺を、洗ってみることにしよう」

十津川が、そう決めた。

2

翌日、十津川たちは全員で、M・エレクトロニックス社長、太田黒淳一の周辺を、調べてみた。

太田黒淳一の家族、親戚、それから、彼が社長をしているM・エレクトロニックスの社員たちに、時には、警察手帳を見せて脅かしたりもしたが、一向に、問題の女性は、浮かんでこなかった。

翌日、刑事たちは、疲れ切り、失望して、捜査本部に集まってきた。

「どうして、見つからないんですかね？　警部にいわせれば、殺された女性は、名前は、世間に知られていないが、大変な、資産家なわけでしょう？　太田黒淳一の家族や親戚、友人などを調べていけば、そんな、資産家なら、すぐに、名前が分かると思っていたんですが、分かりませんでしたね」

亀井が、不思議そうに、いった。

「こうなると、やはり、小暮昌江を連れてきて、脅してでも、問題の女性のことを、聞くよりほかに、方法がないんじゃないでしょうか？」

と、西本が、いう。

「たぶん、彼女は、今まで通り、何も知らないというに、決まっている」

と、十津川は、いってから、

「ひょっとすると、小暮昌江自身、殺された女性の名前を、知らないのかも知れないな。私は今でも、スポンサーの、太田黒淳一が、紹介したのだと、思っているがね」

「そうなってくると、依然として、問題の女性の身許は、分からないことに、なってきますね」

日下が、首を傾げる。

「世間的には、名前を知られていないが、大変な資産家だという推理は、変えようとは思わないよ」

十津川が、刑事たちに、いった。

「しかし、太田黒淳一の身内にも親戚にも、彼女は、いないわけでしょう？　そうなると、今回の殺人には、太田黒は、関係ないことに、なってきますが」

北条早苗が、また首を傾げた。

「それはない」

十津川は、断定してみせた。

「その根拠は、何ですか？」

三田村刑事が、きく。

「そこまで、否定してしまうと、今回の事件が、元に、戻ってしまうんだよ。あのゲームに大金が賭けられていたので、一人の女性のお遍路が、A子の斎藤亜紀子に、声をかけようとした。その瞬間を狙って、犯人は、斎藤亜紀子を脅そうとして撃ったが、たまたま、声をかけてきた被害者に当たってしまった。そういうことになってしまう。これじゃあ、元の木阿弥《もくあみ》だよ。私は、今回の事件は、絶対に、番組のスポンサーである、太田黒淳一が関係していると思っている」

「太田黒社長は、有名なワンマン社長だと、聞いたのですが、これは本当ですか？」

日下が、十津川に、きく。

「それは事実だ。だから、なおさら、今回の事件には、太田黒が絡んでいる。そんな気がしているんだ」

「殺人の目撃者ということは、考えられませんか？」

と、いったのは、西本刑事だった。西本は、続けて、

「例えば、スポンサーの、太田黒淳一が、どこかで、自動車事故をおこし、轢《ひ》き逃げしたのを、あの女性に見られてしまった。彼女は、車体の記憶から、太田黒を割りだ

し、脅迫した。そこで太田黒は、彼女の口を封じるために、今回の番組に、便乗して、殺してしまった。そういうことは、考えられないでしょうか？　そうなれば、資産家でなくても、いいことになるわけですから、完全に、誰も知らない女性ということにも、なってきますよ」

「それは、私も考えたんだ」

十津川は、いった。

「しかし、太田黒淳一について、いくら調べても、彼が、何かの事故をおこしたということは見つからなかった」

「そうなると、やはり、彼女は、無名だが、大変な資産家なので狙われたということになりますか？」

「そういうケースが、あることを、証明しなければならないんだ。それをみんなで、考えて欲しい」

と、十津川が、いった。

しばらく沈黙があった。

その後で、早苗が、

「M・エレクトロニックスの株主じゃありませんか？」

と、いった。

3

早苗が、続けた。

「太田黒は、ワンマン社長だから、たぶん、会社には、怖いものなど、いないと思うのです。それに、身内や親戚にも、いないでしょうし、いくら調べても、問題の女性は、出てきませんでした。あと、太田黒社長が怖いのは、株主じゃないかと、思うのです。それも、大株主です。元々、その大株主は、どこかの社長か、資産家だったと、思うのですが、その人が、亡くなって、現在、未亡人が大株主に、なっています。いわば、隠居している株主ですけど、時には、太田黒社長に反対するような発言をする。社長は、その未亡人の大株主が、煙たいのですが、大株主だから、無視も、できない。そんなことがあって、その未亡人の大株主を、何とかしようと、思ったんじゃないでしょうか？」

「今の北条刑事の話、面白いね」

十津川が、いった。

未亡人の大株主、悠々自適の、人生を送っていて、毎日ほとんど、何もしていないが、M・エレクトロニックスの株は、大量に持っている。夫は、すでに死んでしまっていて、子供も、いない。

となれば、彼女のことは、知っている人は少ないだろう。

ただ、M・エレクトロニックスの、太田黒社長だけは、彼女のことを、よく知っている。

いや、彼女の、存在そのものが、怖くて、仕方がないのだ。彼女が、自分の考えに反対すれば、ワンマンでも、社長の座を、追われてしまう恐れもある。

「今、北条刑事がいったことだが、私は、可能性があると思うから、この線を、調べてみることにする」

十津川は、キッパリと、いった。

十津川たちは、M・エレクトロニックスの株主名簿を、手に入れた。

それによると、太田黒社長が、全部の株の十五パーセントを、持っている。

しかし、それ以上の、株を持っている個人株主の名前が、見つかったのだ。

その株主の名前は、北川治子《はるこ》、五十八歳。夫の北川源一は、M・エレクトロニックスの大株主でM・エレクトロニックスの創業者だったのだが、五年前に、亡くなっている。

その時に、M・エレクトロニックスの株を、現社長の太田黒が買いとろうとしたという話も、あったのだが、治子は、夫の源一が、生前、M・エレクトロニックスを大切に思い、会社や社員の将来のことを心配していたから、その夫の遺志を、継いで、大株主としての発言権を維持するため、株は手放すまいと、決めたという。

子供もいないので、一人で、大邸宅に住み、趣味で、バラを育てながら、悠々自適の、生活を送っている。

十津川は、北川治子のことを、よく知っているという人間に会った。彼は元々、治子の夫、北川源一の、昔からの知り合いだという。

「ご主人が亡くなってから、治子さんは、あまり、世間に出て行かなくなりましてね。最近、写真を、撮ったことも、ないんじゃありませんか」

と、いう。

そこで、十津川が、亡くなった女性の似顔絵を見せると、

「よく似ていますよ。確かに、この顔は、治子さんだ」

と、いった。

「北川治子さんですが、彼女は、人嫌いですか？」

十津川が、聞くと、相手は、笑って、

「いいえ、そんなことはありませんよ。茶目っ気もあるし、面白い人ですよ。ただ、ご主人が、亡くなってしまってからは、今もいったように、あまり、出歩かなくなりましたけどね。根は、明るい人なんです」

「住所、分かりますか？」

「確か、調布市の、深大寺の近くに住んでいるはずですよ。一度だけ、遊びに行ったことがあるんです。まだ、ご主人が元気だった頃ですがね。そのご主人の、思い出があるから、ほかに引っ越す気には、ならない。治子さんは、そういっていましたね」

「治子さんは、そこに、一人で、住んでいるのですか？」

「いや、何十年も一緒にいるというお手伝いさんがいましてね。その人と一緒に、住んでいると、聞いていますけどね」

と、いい、その調布の北川家に、電話をかけてくれた。

その電話が済むと、十津川に向かって、

「今いったお手伝いさんが、電話に出たんですが、治子さん、何でも、行方不明になっているみたいで、お手伝いさんが、心配していましたよ」

やはり、北川治子が、本命なのだろうか？

「治子さんは、M・エレクトロニックスの株を二十パーセントも、持っている大株主だから、会社の経営についても、いろいろと、口を挟んでいたんじゃありませんか？」

十津川が、きいてみると、

「太田黒が社長になってから、独裁体制になってしまって、社員の誰も、社長の独断専行に異を唱えることが、できなくなってしまったそうです。ですから、古参の社員は治子さんに泣きついて、太田黒社長に諫言《かんげん》してもらおうとしたことが、幾度となくあったと聞いています。治子さんも、会社のことを心配していたようです」

「太田黒社長とは、仲が悪いわけですか？」

と、十津川がきくと、相手は笑って、

「太田黒社長は、有名なワンマンですからね。治子さんは、彼の強引なやり方には、眉《まゆ》をひそめていましたよ。自分の気に入らない部下がいると、会社の功労者でも、どんどん首にしてしまう。亡き夫の北川源一が、血と汗で創立した会社を、太田黒社長が、発展させたとはいえ、私物化して会社をダメにしてしまっている。だから、治子さんはほかの株主たちに声をかけ、太田黒を社長の座から、追い落とそうとしていたんです。ここ数年治子さんは、株主総会に出席し、太田黒社長の解任動議を、出していたんですが、僅差《きんさ》で否決されていました。ですが、今年五月に予定されている株主総会では、今度こそ、動議が可決されそうだと噂されています」

十津川は、亀井と、調布市の北川邸を訪ねてみた。

深大寺の近くに、五百坪くらいの土地があり、そこに、日本家屋が建っていた。かなり年代を感じさせる、建物である。

そこには、亡くなった夫との、思い出が、たくさんあり、だから、北川治子は家を処分して、マンションに、住むような気持ちには、ならないのだろう。

訪ねていくと、六十歳くらいの、お手伝いが出てきた。

名前は松本栄子《まつもとえいこ》。亡くなった、北川の郷里が山形で、お手伝いの松本栄子も、同じ山形の出身だという。この北川家で、もう、三十年以上、お手伝いを、しているといった。

「治子さんが、行方不明になっているんだそうですね？」

十津川が、きくと、

「ええ、四月一日に、急に、旅行に行くからといって、お金だけもって身一つで出かけられてから、未だに帰っていらっしゃらないんですよ」

と、栄子は、いう。

「四月一日に、旅行に出かけられたんですか？」

「ええ、そうなんですよ。何でも、確認したいことがある。二、三日のことだから、旅仕度は必要ないわ。そうおっしゃって、出かけられたんですけど」

「確認したいことがあると、そういったんですね？」

「ええ、そうなんです。それに前から一度、やりたいこともあって、それに行くの。私には、そうおっしゃっていたんですよ」

と、栄子が、いった。

たぶん、それは、お遍路の格好をして、徳島県の遍路道を、歩くことをいっていたのだろう。

十津川は、栄子に向かって、

「木村亜矢子という女性を知りませんか？　二十代の若い娘さんなんですけどね。治子さんの遠い親戚に、そういう、名前の人は、いませんか？」

「私、ここに来て、長いですけど、木村亜矢子というお名前は、聞いたことがございません」

十津川は、北条刑事が描いた木村亜矢子の似顔絵を、相手に見せた。

栄子は、その似顔絵を見ると、急に笑顔になって、

「この方なら、何度も、お見えになったことが、ありますよ」

「でも、名前は知らないのですか？」

「ええ、お聞きしたことございませんから」

「じゃあ、治子さんの、親戚か何か？」

「いいえ、それは、違うと思います。奥様は、バラを育てていらっしゃるんですよ。今も、庭のほとんどをバラ園のようにしてしまっていますけど、去年の初夏の頃だったでしょうか？　たまたま、この家の前を、通った娘さんが、バラがきれいなので、見せて、いただけませんかと、入ってきたんですよ。それで、奥様は、喜んで、お庭に案内したんですけど、その後何回か、その娘さんが、見えたんですよ。何でも、その娘さんもバラが好きで、深大寺近くにあるマンションの小さなベランダで、バラを育てている。そんなことを、いっていらっしゃいましたよ。奥様と二人で、バラの話をしていることが多くて」

「四月一日に、治子さんは、旅行に出かけて、そのまま帰ってこない。その後、その娘さんが、ここを、訪ねてきたことはありますか？」

　と、十津川が、きいた。

「ええ、見えたことがあります。奥様がいらっしゃらないので、残念そうに、帰っていかれましたけど」

「その時、治子さんが、行方不明になっていることは、この娘さんに、話したのですか？」

「ええ、話しました」

「この女性に、見覚えがありませんか？」

十津川は、井上美奈子の写真を、栄子にみせた。

「この方でしたら、知っています。三月の初め頃から、三、四回、奥様に会いにきて、何か依頼ごとを、なさっておられました。いつも、私服でしたが、三月末に来られたときはお遍路姿でしたので、よく覚えています。奥様と意気投合していたようで、夜遅くまで、何か話し合っておられました」

と、栄子はいった。

「木村亜矢子は、井上美奈子と治子さんが、話しているとき、同席したことはありましたか？」

「三人が、ご一緒だったことはなかったと思いますが、この娘さんが三月初旬に、訪ねて来たとき、奥様が〝すてきな友達ができたのよ。いずれあなたにも、紹介してあげるわね〟と井上さんの名刺を見せながら、話されていました。だから、会ったことはなくても、木村さんは井上さんのことは、知っていたと思います」

木村亜矢子は、井上美奈子のことを、知っていたのだ。おそらく、治子に名刺を見せられて、美奈子の家の電話番号も知っていたに違いない。井上美奈子が殺されたことを知らなかった木村亜矢子は、治子が行方不明になったと聞いて、井上美奈子なら何か事情を知っていると、思って、美奈子の家に電話してきた。

そこで、十津川から美奈子が殺されたことを知らされ、治子のことが心配になって、四国に向かったのだろう。小暮由香里と名乗ったのは、電話に出た十津川が、刑事だと分かったからだろう。小暮昌江が、不当なスポンサーのごり押しで、ゲームの挑戦者に選ばれていたことを、治子から聞いていたので、木村亜矢子は、とっさに小暮という名前をだし、十津川の関心が、小暮昌江に向くようにいったのだ。もっとも、十津川はあの時点では、ゲームの挑戦者のひとりが、小暮昌江という名前だとは知らなかったのだが。

十津川は、少しずつ自分の推理が、進んで行くのを、感じていた。

捜査本部にもどった十津川に、三田村刑事から電話連絡が、入ってきた。

「警部、捜査本部に警告の電話を、かけてきた男が、判明しました。中央プロダクションの小沼敬太郎と木田昭の、当日の行動を調べたところ、小沼は電話のあった時刻、会社で会議をしていてアリバイがありました。木田のほうは、私用があるといって二時間ほど会社を出ていたそうです。そこで、木田に会い問いつめました。最初は知らぬ存ぜぬの、全面否定でしたので、少し脅しをかけてみたんです。捜査本部で電話を取ったのは、私で、そのとき聞いた声はあんたにそっくりだ。電話は録音してあるから、声紋分析すれば間違いなく、あんたが密告者だと断定できる。しかも、その警告どおり、遍路が殺されてしまった。と、なると、あんたが殺人事件の重要容疑者になると。そしたら、急にソワソワしだして、自分が電話したと白状しました。なぜ、そんな電話をしたのか理由をきいたところ、木田は深大寺で殺された井上美奈子から、お遍路ゲームのことで、相談を受けたり、悩みを聞いてやっていたそうです。木田自身は、お遍路ゲームそのものに反対だったそうですが、井上美奈子には、好意以上のものを持っていて、以前から何かと相談にのっていた。

今回のゲームで、参加者のひとりをスポンサーの愛人にするよう、近藤社長に命じられていたそうです。美奈子は、自分が企画発案した、番組に不正やごまかしが、あることに強い不快感を持ち、絶対容認できないと、悩んでいたとのこと。そこで、木田は今回の番組のスポンサーであるM・エレクトロニックス社の太田黒社長の唯一の弱点は、大株主の北川治子の存在であること。治子に頼んで、太田黒を諫《いさ》めてもらえば、太田黒も愛人を選手にすることを、諦《あきら》めて引っ込むかも知れない、とアドバイスしたそうです。井上美奈子は木田のいうとおり、深大寺の近くに住んでいる、北川治子に会いにいき、悩みを訴えたそうです。治子は会社創立二十周年のパーティーで、太田黒から、会社のＣＭの女優さんということで、小暮昌江を紹介された記憶がある、といっていたそうです。太田黒の愛人だと美奈子から知らされて、治子は怒りだし、太田黒は愛人に賞金を取らせ、なおかつ女優として売り出そうと、画策したにちがいない。私が太田黒を諭しますといって、その場で、治子は太田黒社長に電話をいれ、そんな馬鹿げたごり押しは、すぐやめなさいと、厳しく詰問してくれたと、後で美奈子が喜んで、木田に報告したそうです。

その後も井上美奈子は、北川治子を何度も訪ねて、お遍路のことや今回のお遍路ゲームを、説明していたといいます。治子も、お遍路を是非、一度やってみたいといい、美奈子も撮影で、自分も四国に行くので、治子さんもおいでくださいと、誘ったといっていたそうです。

その井上美奈子が、深大寺で殺された。木田はすぐに、美奈子は太田黒たちに、殺されたのだと思ったそうです。井上美奈子と北川治子が、頻繁に会っていることを知った太田黒は、自分の愛人を参加者として、ごり押ししたことが、公になると、株主総会で社長解任の動議が、可決される危険を感じとり、まずは井上美奈子を、北川治子から引き離すために、殺した。木田は次は、邪魔な北川治子が殺されるだろうと思い、捜査本部に警告の電話をかけたと、いっています」

と、三田村刑事は、報告した。

その日の捜査会議には、三上刑事部長も出席した。その刑事部長に向かって、十津川が、自分の考えを説明した。

「今回のお遍路ゲームで、女性が一人、殺されましたが、なかなか、身許が分からず、なぜか、身許を証明するようなものは、何一つ、持っていませんでした。最初は、お遍路ゲームに、大金を賭けていた人間が、殺したのではないか？　そう思っていましたが、ここまで来ると、全てが、今回の、お遍路ゲームにかこつけて、この女性を殺すのが、目的だったのではないのか？　そう考えざるを得なくなりました。

そして、今、この身許不明の被害者の氏名が、やっと、判明しました。北川治子、五十八歳。番組のスポンサーであるＭ・エレクトロニックスの大株主です。五年前に、前社長の夫が亡くなってからは、静かな屋敷でバラを育てながら、悠々自適の生活を、送っています。ですから、世間的には全く知られていない女性ですが、Ｍ・エレクトロニックスの、大株主であることには、変わりありません。一方、Ｍ・エレクトロニックスの太田黒社長は、大変なワンマン社長で、気に入らない重役などは、勝手に、首にしてしまう。そうしたやり方に、北川治子さんは、反対でした。太田黒社長にしてみれば、うるさい存在です。自分がやりたいように、やりたいのだが、ヘタをすると、北川治子さんにかかって、自分が会社を、追われてしまうかも知れない。それで、この煙たい存在の北川治子さんを、何とかしたい。

しかし、ただ殺してしまうだけでは、自分が疑われる。そこで、M・エレクトロニックスがスポンサーになったお遍路ゲームを、利用しようと考えたのです。そこで、ゲームに勝とうとする人間が、間違って、北川治子さんを銃で撃って殺してしまった。そういうストーリーにしたかったのでしょうね。そうすれば北川治子の存在を、気にしながら、社長をやらずに済む。そう考えたのだと、思いますね」

「それで、ほかのことも全て、説明がつくのかね？　例えば、お遍路ゲームが始まる直前、中央プロダクションで、このゲームの指揮を執ることになっていた、井上美奈子という女性が、お遍路姿で殺されていた。その説明もつくのかね？」

三上刑事部長が、聞く。

「この北川治子という女性は、深大寺のそばに大きな家があって、そこに住んでいるんです。その深大寺の参道で、井上美奈子は殺されていました。これは、まだ、私の勝手な想像に過ぎないのですが、井上美奈子は、問題のお遍路ゲームの、ディレクターですから、番組の裏にも、通じていたと思うのですよ。小暮昌江が、応募者の中から選ばれたのではなく、スポンサーのごり押しというか、意向で、選ばれた。そのことも、もちろん、知っていました。だが、お遍路ゲームの成功に心血を注いでいた井上美奈子は、そんな不正な選抜に、憤りを感じ、悩んでいたんです。何としてでも、小暮昌江を挑戦者のひとりにすることは、我慢がならないと思っていたんです。

しかし、M・エレクトロニックスは、大事なスポンサーだし、太田黒は、そこの社長です。だから、中央プロダクションの、近藤社長も青木広報部長も、スポンサー第一と考えて、小暮昌江を、外して欲しいという井上の要望を無視したんです。しかたなく、井上は、自分で太田黒社長に、小暮昌江を外してくれと、直談判しようとしたでしょう。しかし、太田黒はワンマンで知られている。下手に抗議して怒らせたら、手ひどい、しっぺ返しにあう。それで、どうしたらいいかと考えたんだと思うのです。最後に、井上美奈子は、同僚の木田昭に、相談したのです。

そこで、井上は、木田から、M・エレクトロニックスには、北川治子という大株主がいる。名前を知っている人は少ないが、M・エレクトロニックスの大株主で、太田黒社長を、唯一叱責《しっせき》できる人だと教わったんです。そこで、井上美奈子は、会って、話を聞いて貰《もら》おうと考えた。北川治子の家を訪問して、深大寺にいったのです。お遍路の格好をしていたのは、北川治子が遍路に興味を持ったのでいろいろと、番組や遍路の説明をしていたからでしょう。犯人は、それを知って、彼女を北川治子に何度も会わせてはならないと考え、深大寺の参道で、殺したのです。が、井上美奈子が、自分の家から帰る途中殺されたと、テレビ報道で知った北川治子は、お遍路をして、小暮昌江に会って、井上殺しの張本人は、太田黒だと問いつめるつもりだったのでしょう。順打ちのA子についていけば、当然、逆打ちの小暮と顔を合わせることができますからね。だが、A子を励まそうとして射殺されてしまった」

「もう一人、木村亜矢子という娘さんがいたんじゃないのかね？　確か、君もこの娘さんのことに、引っ掛かっていたようだが、解決はついたのかね？」

「一応、つきました。木村亜矢子は、深大寺近くの、マンションに住んでいて、北川治子の家の前を、通った時、庭に、バラが一面に咲いていた。彼女もバラ好きなので、見せて欲しいといって、その後、何度も、訪ねていき、北川治子とも、仲が良くなって、いったみたいです。お手伝いさんの話では、バラを見ながら、二人で、よく話し合っていたといいます。その時に、北川治子は、まさか、自分が殺されるとは、考えてもいなかったでしょうから、今度、テレビ番組で、お遍路ゲームをやるので、自分も、その時にお遍路をしてみようと思っている。そんなことを、話したのではないでしょうか？　井上美奈子のことも北川治子から、聞いて知っていたのでしょうし、美奈子の名刺も治子から見せてもらっていたでしょう。だから、木村亜矢子は、北川治子が、あの時お遍路をしているのを知っていた。

ところが、身許不明という女性が、殺された。もしかすると、それが北川治子ではないか？　そう思ったが、証拠がない。それで、彼女は自分で、行方不明の北川治子を、探してみようと思ったんじゃないでしょうか？　だから、わざわざ、深大寺で殺された中央プロダクションの井上美奈子の家に電話をかけた。事件のことが、何か分かるかと思ったのでしょう。たまたま、私が電話に出て、名前を聞いたのです。そうしたら、彼女は、小暮由香里と答え、これから、四国のお遍路に行くといって、電話を切ってしまいました」

「どうして、そんな偽名を、使ったと、君は思うのかね？」

「木村亜矢子は、おそらく、スポンサーのごり押しで、お遍路ゲームの、参加者になった小暮昌江のことを、怪しいと思っていたんじゃないでしょうか？　それで、わざと、小暮由香里と名乗ったんです。そう名乗れば、警察はB子が小暮昌江だと、知ったとき、いのいちばんに捜査すると思ったんでしょう。そして、北川治子の行方が、分かるのではないかと思ったのではないでしょうか。ゲーム中、木村亜矢子が、小暮昌江に近づき、話しかけたのは、治子の行方を聞きだそうと思ったのか、あるいは井上美奈子の死について何か知っていないか、詰問するためだと思います」

「身許不明の女性の氏名が、分かった。北川治子、名前は知られていないが、大株主。彼女を殺したのは、誰だと、君は思っているのかね？　君の推理が当たっているとすれば、M・エレクトロニックスの、太田黒社長ということになるが、社長が、猟銃を使って、邪魔な人間を、殺すというようなことを、やるだろうか？」

「いや、太田黒社長、本人ではなく、実際に、銃を撃ったのは、おそらく、彼が、金で雇った人間か、あるいは、太田黒社長の身近にいる人間でしょう。今、刑事部長がいわれたように、太田黒社長自らが、盗んだ猟銃で人を、殺すとは、思えません」

「それで、これから、どう、捜査を進めていくつもりかね？」

「まず、お遍路ゲームの途中で殺された、身許不明の女性が、北川治子と分かったと、記者会見で発表します。これは、刑事部長にお願いします」

4

翌日、十津川は、徳島県警の増田警部にも来てもらって、共同で、記者会見を開いた。

三上刑事部長が、記者たちに、経過を説明する。

「東京と徳島で、問題の、お遍路ゲームを挟んで起きた、二つの殺人事件について、進展があったので、発表します。猟銃で射殺されたお遍路のことですが、今まで、どうしても、身許が判明しませんでした。それがここにきて、被害者は、北川治子、五十八歳と分かりました。住所は調布市×××。この北川治子は、あのお遍路ゲームのスポンサーになった、M・エレクトロニックスの大株主です。社長の太田黒淳一が、自社の株を、十五パーセントしか持っていないのに対して、この北川治子は、二十パーセントも、所有しているという大株主ですから、彼女が亡くなったことで、会社に与える影響は、相当大きなものだと、考えています」

「それで、北川治子さんは、どうして、殺されたんですか？　今までは、片方の参加者の邪魔を、しようとして話しかけたので、それを防ごうと、誰かが猟銃で撃った。

そういわれていますが、この考えも変わってきたのではありませんか？」

記者の一人が、聞いた。

それに対して、十津川が、答えた。

「確かに、今までの考えは、捨てることにしました。今までは、ただ単に、お遍路で、あのゲームに参加していた女性が、A子、斎藤亜紀子に、話しかけようとした。そこで、彼女に勝たれては、困る立場の者が銃で撃った。そう考えていましたが、死んだ女性が、今、刑事部長がいった通り、北川治子、五十八歳と分かり、その人がスポンサーのM・エレクトロニックスの大株主と、分かりましたので、犯行の動機は、当然、変わってきます。われわれとしては、大株主の、北川治子が邪魔になったので、口を封じた。だから、お遍路ゲームというテレビ番組を利用して殺したのだと、考えています」

「とすると、容疑者は、誰になるんですか？」

「まだ断定はできませんが、北川治子という人は、以前から、M・エレクトロニックスの経営陣のやり方に、反対をしていましたから、彼女が亡くなって、いちばんホッとしているのは、その人たちではないかと考えています」

「ということは、社長も、容疑者に入るということですか？」

いきなり、そういって、突っ込んでくる記者がいた。

十津川は、苦笑して、

「そんなことは、いっていませんよ」

「しかし、北川治子が死んで、いちばん得をするのは、M・エレクトロニックスの経営陣だと、今、警部さんは、いわれたじゃないですか？」

「だからといって、社長が、犯人だとは断定してはいません。それよりも、もう一つの殺人事件について、説明します。東京の深大寺で殺された、中央プロダクションの、ディレクター、井上美奈子の事件です。今まで、どうして、ディレクターの、井上美奈子が殺されたのかが分かりませんでした。まだ問題のお遍路ゲームが、始まっていない時に殺されましたからね。ただ、井上美奈子が殺された深大寺は、今いった、北川治子の家の近くなんですよ。井上美奈子は、北川治子に会いに行き、参加者の選抜についての悩みを相談していたそうです」

「井上美奈子が殺された理由については、警察は、どう、思っているのですか？」

「これも、まだ、断定はできませんが、井上美奈子は、問題の、お遍路ゲームの番組ディレクターで、ゲームを企画し、進行しようとしていた人です。ですから、あの番組の内情についても、知っていた。スポンサーの、M・エレクトロニックス太田黒社長が、強引に、自分の愛人を参加者にしようとしているのに、怒りを感じ、それをおさえられる大株主、北川治子に会いに行っていた。自分の不安を北川さんに伝え、北川さんから、太田黒社長に諫言してもらおうとした。事実が、公になったら、自分たちの立場が、危うくなると心配した者に殺された。私は、そんなことを、考えています。もちろん、今後、捜査を続けていけば、全てが、明らかになると思っていますが」

記者会見の後に、西本刑事が、深大寺のマンションにいた木村亜矢子を、捜査本部に連れてきた。十津川は、事情聴取の結果、自分の推測が正しかったことを確認した。

5

所用でアメリカに行っていた太田黒社長が、急遽《きゅうきょ》、帰国したと、十津川は、知らされた。

事件が、新しい展開を見せたので、おそらく、太田黒は、心配になって、帰ってきたのだろう。

その動きを知って、十津川は、すぐ、小暮昌江を迎えに、三田村刑事と、北条早苗刑事を走らせた。

「何とかして、こちらに連れてこい」

と、十津川は、二人に、いった。

現在、犯人にとって、いちばん不安な存在は、小暮昌江だろう、そう思ったからである。

「一応、任意同行の形で、来てもらいましたが」

三田村が、十津川に、いった。

小暮昌江は、明らかに、怖がっていた。事件が、新しい展開を見せたことに、不安を感じているのだろう。

取調室で、彼女から、話を聞こうとしていると、突然、小暮昌江の携帯が鳴った。

「出てください」

十津川が、いった。それに促されるように、小暮昌江が、携帯を取り上げた。

「もしもし」

と、いう。

「私だ。今、どこにいるのかね？」

男の声が、きく。

「今、警察に、来ています」

と、昌江がいった途端に、相手は、電話を切ってしまった。

十津川は、苦笑して、

「今の電話、太田黒社長からの、電話じゃなかったんですか？」

「ええ、そうですけど、すぐに、電話が切られてしまって」

と、昌江が、いう。

「おそらく、あなたが、警察に来ているといったから、ビックリしたんですよ」

「私、これから、どうしたらいいんでしょう？」

心細げに、昌江が、いった。

十津川は、わざと、突き放すように、

「自分自身で、考えたらいいんじゃないですか？　もし、あなたが事件に関係しているのならば、迷っていないで、話してくれませんか？　ヘタをすると、あなただって、殺されてしまうかも、知れませんからね。あの北川治子さんと、同じように」

「私は、北川治子という人の、事件には、関係ありませんけど」

「しかし、徳島で、銃で撃たれて死んだ女性、それが、北川治子さんだということは、知っていたんじゃ、ありませんか？」

「いいえ、名前は知りません」

と、昌江は、いう。

「しかし、会ったことはあるんですよね？　徳島県警での事情聴取のとき、あなたが被害者の写真を見て、動揺したのを、私は見ているのですよ」

十津川が、きくと、昌江は、急に、黙ってしまった。十津川は、その黙ってしまったことに、自信を持った。自分の推理が当たっていることが、分かったからだった。

「全て、分かっているんですよ。かつて北川治子さんに、会ったことがある。名前は知らなかったかも知れないが、おそらく、スポンサーのM・エレクトロニックスの社長、太田黒さんに、紹介されたんじゃありませんか？　あなたが太田黒社長の愛人であることは、分かっているんです。電機会社を経営するご主人とは、長らく冷めた関係であって、いつ離婚してもおかしくない状態だった。ご主人の会社は、多額の負債を抱え、経営が苦しい。そこで、あなたは、一千万円を用立てるから、離婚して欲しいと、ご主人に申し出たのでは、ないですか？

ご主人もあなたが、長年、不倫をしていたことは、知っていたでしょう。となると、ご主人にとって、一千万円は会社の運営資金として、魅力的だ。あなたは太田黒社長に、離婚のための手切れ金として、一千万円を援助してくれるようたのんだのでしょう。あなたの依頼を聞いて、太田黒は、お遍路ゲームにあなたを出場させ、一千万円の賞金をとらせようとした。しかも優勝すれば、あなたも有名になる。マラソンの得意なあなたは、すぐにその話にのったんだ。太田黒にとっても、会社が出す金で、あなたを喜ばすことができる。最良のアイデアだと考えていたでしょう。しかし、大株主の北川治子がそのカラクリを知って、抗議してきた。公になれば、社長を辞めさせられると、動揺した太田黒は、井上美奈子を殺し、北川治子を殺したんだ」

「そんなこと、私は、全く知りませんでした！」

小暮昌江は、大声を出した。

「知らなかったんなら、かえってしゃべりやすいでしょう。知らなかったといっても、これから、捜査が進んでいくと、あなたは、殺人の共犯者ということに、なるかも知れない。話すなら、今ですよ。今なら、あなたは何とか、罪に、問われなくて済む」

励ますように、十津川が、いった。

その言葉が、効いたのか、

「今、刑事さんが、いったことは、本当なんです。北川治子さんは、昔、太田黒社長に、紹介されたことがあります。社長は、北川さんと表面上、親しそうにしていましたが、北川さんがいなくなると、とたんに、あの女は私を、社長の座から、追い落とそうとしている女狐だ。うちの会社の大株主で、私のやることには、なんでも口だししてくる。あいつはうちの古参の社員に、入れ知恵して、私の一挙手一投足を監視している。私にとっては、目の上の瘤《こぶ》みたいな存在で、さっさと消えていなくなって欲しいのが、本音だよと。お遍路ゲームの担当者だった井上美奈子さんが、殺されたときは、通り魔に襲われたんだろう、と思いました。番組は担当者が代わって、始まるときいたので、井上さんの事件は、お遍路ゲームには何も関係ないと、考えていました。ところが、ゲームの途中で女の人が射殺され、徳島県警で事情聴取されたとき、被害者の写真を見て、以前、太田黒社長に紹介された人だと、分かったのです。太田黒社長は、私が、四国に行く前の夜、番組の収録中、何か事件が起こっても、おまえは知らん顔を、していろ。何かあったとしても、それはおまえを、ゲームで勝たせるためだと、いわれていたのです。そして自分は仕事で、アメリカに出張に行ってくる。帰ってくる頃には、何もかも、うまくいっているだろうと、いったのです」

「それで、北川治子が殺されたと、知ったとき、あなたはどう思ったのですか？」

「太田黒社長が誰かに命じて、邪魔な北川さんを、殺したのだと思いました。そして、井上美奈子さんを殺したのも、社長だと。私も社長にうまいこと、利用されたんだと、気づきましたが、私も賞金が欲しかったので、黙っていました。私は事件には、何も関係なく、何も知らないという、態度をとることに決めたのです」

「それで、あなたは、本当のことを、話す気はなかった？」

「ええ、本当のことを話したら、大変なことになりますもの。太田黒社長が疑われるだけではなくて、私まで、疑われてしまいますから、それが心配で」

6

Ｍ・エレクトロニックスの、太田黒社長は、ワンマンで、わがままで、いろいろと、問題のある男だが、その男が一人だけ、信頼を寄せていた男がいた。渡辺吾郎《わたなべごろう》という、三十五歳の秘書だった。

社長の大学の後輩で、趣味は、ライフル射撃。これも、太田黒社長の趣味に合わせたのだといわれている。

渡辺吾郎は、いつも、太田黒社長のそばにいて、海外出張にも、同行しているのだが、調べてみると、今回は同行していないことが分かった。四月二日から四日にかけて、渡辺は、休暇をとっていた。つまり、太田黒は、アメリカ出張ということで、アリバイづくりをやり、渡辺吾郎はその時、徳島に、行っていたのではないのか？

盗んだ銃を構えて、北川治子を、撃つタイミングを、じっと、待っていたのではないのか？

全てが、企まれていたから、北川治子が、斎藤亜紀子のそばに行く瞬間を、待っていたに違いない。

北川治子の方は、激励しようとして、気軽に、斎藤亜紀子に話しかけた。それを待っていた渡辺が、盗んだ銃で北川治子を狙撃した。腕は確かだから、一発で北川治子に命中し、彼女は死亡した。

今度は、任意出頭を求め、渡辺吾郎を、捜査本部に、連行した。

渡辺は、十津川を、睨《にら》むように見て、

「なぜ、僕が連行されたのか、分かりませんね。その理由を、教えてもらえませんか？　ことによっては、名誉毀損《きそん》で、告訴しますよ」

と、いう。

「四月二日から四日、君は、休暇をとっていたね？　どこにいたのか、それを、話してもらいたいな」

十津川が、いった。

「そんなこと、プライバシーの侵害でしょう。いちいち、警察に、どこにいたかなんて説明しないと、この日本では、生きていけないのですか？」

渡辺は、ひたすら反発する。

十津川は、苦笑して、

「日本ではとは、大きく出たもんだね。四月二日から四日にかけて、君が、徳島にいたのを、見たという人間がいるんだよ」

と、いってみた。

「徳島で、君が銃を持って歩いているのを、見た人がいるんだよ。君は、徳島で銃砲店に盗みに入り、そこで高価な猟銃を盗み出して、北川治子を射殺したんだ。それは、確かなことじゃないのかね？」

「僕は、人殺しなんかしませんよ。第一、北川治子なんて人は、知りませんから」

「知らない？」

「ええ、知りませんよ。ただ、テレビの、ニュースで見て知りましたけどね。それまでは、全然知りませんでしたよ」

「それはおかしいんじゃないのか？　君は、太田黒社長の、秘書だろう？　北川治子は、M・エレクトロニックスの、大株主なんだよ。その大株主のことを、知らなかったというのかね？」

十津川がいうと、渡辺の顔に、狼狽《ろうばい》の色が浮かんだ。

たぶん、自分が殺した女を、知っているというのは、まずいと思って、知らないといったのだろう。

「君という人間は、案外、杜撰《ずさん》なところがあるね。今もいったように、北川治子は、M・エレクトロニックスの、大株主なんだ。それを知らないというのはおかしいんだ。知らないといえばいいと、思ったんだろうけど、逆なんだよ。それでいいよ、君に疑いの目を向けるようになった」

渡辺が、黙ってしまった。

「小暮昌江も知っているね？　まさか、彼女のことも、知らないというんじゃないだろうね？」

「知っていますよ。新聞やテレビで見ましたから」

「そうじゃない。小暮昌江は、君が秘書をやっている、太田黒社長の愛人なんだ。まさか、それを忘れたとは、いえないんじゃないのかね？　そういうことは、秘書である君が、いちばんよく、知っているはずだ」

十津川が、いうと、渡辺は、また黙ってしまった。

「その小暮昌江は、今、ここに来ている。全て、彼女の知っていることを、話してくれたよ。北川治子を、殺すようにお膳立《ぜんだ》てしたのは、太田黒だと、自供しているんだ」

渡辺は、まだ何もいわない。

「このまま君が黙っていると、殺人の主役になってしまうぞ」

「それ、どういうことですか？」

「いいかね、このままで行くと、太田黒社長は、容疑は濃いが、実行は、していない。君の方は、実際に手を下しているから間違いなく殺人罪だな。そうだ、北川治子を殺しているだけではなくて、三月二十九日の夜、井上美奈子という、中央プロダクションのディレクターも、殺しているね？　二人殺していれば、おそらく、君は死刑だね」

十津川が、決めつけるように、いうと、渡辺は、慌てて、

「井上美奈子を殺したのは、僕じゃ、ありませんよ」

と、いった。

「じゃあ、誰が殺したんだ？　正直にいわないと、私は、君が二人を殺した犯人だと考えて起訴するよ。裁判になれば、君は間違いなく、死刑だ」

「あれは――」

「あれは、何なんだ？」

「あれは、社長ですよ。僕は、あの頃は何も分からなかった」

「間違いないんだな？」

「確か、二十九日のあの日も、僕は秘書ですから社長と一緒にいたんですよ。そうしたら、その夜でしたかね。君は、もう帰っていいといわれて、自宅に、帰ったんですけど、何かあの時、社長は、変に、ご機嫌が悪かったんですよ。困ったことがあるのなら、私にいってください。私が、何とかしますからといったんですけど、社長は、これは俺自身の問題だから。そういっていましたね。そして翌日、深大寺で、井上美奈子が殺されていたんですよ。それで、深大寺というのが、気になったので、あの辺は、大株主の北川治子さんの家の近くですねといったら、社長は、急に怒り出しましてね。つまらないことをいうなと怒鳴ったんです。だから、あの深大寺で、井上美奈子という女性を殺したのは、社長じゃないかと、そう思うんですけどね」

渡辺が、いった。

（これで、太田黒社長も、逮捕できるだろう）

と、十津川は、思った。

解説

縄田一男

A「おっ、また読んでいるね、西村京太郎」
B「またはないだろう。面白いんだから——。それにしても、彼のエネルギッシュな活躍には驚かされるね。君も西村京太郎が平成八年（一九九六）脳血栓で倒れたことは知っているだろう？」
A「ああ」
B「普通そんなことがあったら創作ペースは落ちるものなんだが、実は倒れる前より後の方が刊行された作品数が多いんだよ。平成二十四年（二〇一二）には、著書が五百冊を突破してるし、正に超人的な活躍ぶりだね。それに今年に入ってからも、まだ三月だというのに、『二つ《ダブル》の首相暗殺計画』『札沼線の愛と死　新十津川町を行く』（以上実業之日本社）、『琴電殺人事件』（新潮社）、『わが愛する土佐くろしお鉄道』（中央公論新社）、『十津川警部　雪とタンチョウと釧網本線』（集英社）と五冊も刊行されているんだ。うかうかしてると追いつかないよ」

A「それは凄いね。で、いちばん面白かったのはどれだい？」
B「何といっても『二つの首相暗計画』だね。平成二十七年（二〇一五）から、『暗号名は「金沢」　十津川警部「幻の歴史」に挑む』『十津川警部　八月十四日夜の殺人』など、太平洋戦争をエピソードとした作品がはじまるんだがね。この作品もその系列の一つだね」
A「そいつは面白そうだね」
B「発端は、政治家や芸能人がまずいことがあると駆け込む日本でも有数といわれる大病院、中央病院の看護師とその恋人が相次いで偽装自殺――」
A「ということは殺人か？　早々にネタをばらしちまっていいのかい？」
B「大丈夫、安心してくれよ。これは、日本政治の根幹を揺るがす大事件の発端にすぎないのだから――」
A「大きく出たね」
B「いや、ちっとも大きくはないよ。その中央病院には、海路現首相が入院しているんだが、副総理の後藤典久が首相の座の禅譲を迫っているんだ。ところがこの男が憲法改正を宿願としている、とんでもない右寄りの政治家で危険極まりない人物なんだな」
A「で、暗殺計画が持ちあがるというわけか。でも、それじゃ、太平洋戦争とどう絡むんだい」
B「あったんだよ。戦争末期に。東条英機暗殺計画が」
A「だけどそれは失敗したんだろ？　東条は戦後、絞首刑になっているから――」
B「さすがにそのあたりのことはいえないね。ただ、この一巻は、在日米軍の問題をはじめとして、日本をめぐる剣呑な状況、さらには、戦争で流されている多くの人々の血についてまでが書かれた怒りの書ともいえる。そして、物語のラストは十津川の大変な覚悟で幕になるんだ」
A「面白そうだな。それ借りてく――」
B「たまには自分で買えよ」
A「そうそう、いま君は西村京太郎作品の解説の依頼をされているんだろ？」
B「何がそうそうだ。その通りだよ。『十津川警部　四国お遍路殺人ゲーム』といってね。徳間書店から刊行された『十津川警部　日本縦断長篇ベスト選集㊶〔徳島〕』に収録された長篇だ。いわゆる鉄道を主体としたトラベル・ミステリーとは違ってね……」
A「何だ、鉄道は出てこないのか」
B「おいおい、人の話は最後まで聞くもんだ。徳島が舞台だからトラベル・ミステリーといえなくもないんだが、四国八十八ヶ所霊場めぐりのうち、徳島県下の霊場めぐりの最中で殺人事件が起こるのだから、今回は足で追跡するしかない。十津川警部も亀井刑事も体力勝負だ。そこに鉄道を封じた分、別種の錯綜した謎を提出することに成功している――」

A「で、発端は？」

B「発端は、東京は深大寺の山門近くでお遍路姿の女性の他殺死体が発見される――」

A「深大寺だって」

B「そう、女性は中央プロのディレクターでNテレビの新番組「お遍路ころがし」を担当していたんだ。〝お遍路ころがし〟というのは険しい難所のことで、この番組は、第一部として製作する〔徳島編〕では、徳島にある二十三ヶ所の霊場を、一人は順打ち、つまり、順番通りに、もう一人は逆打ち、――逆コースで廻って、どちらが先に廻り終わるか、一千万円の賞金を賭けてこれをゲーム感覚で行う、という番組なんだ」

A「何だか不謹慎な番組だなあ」

B「そうともいえる。かてて加えて、十津川のところに〝お遍路の途中で人が死ぬ〟という電話がかかってくる。そこで十津川以下、捜査一課も座視しているわけにはいかず、お遍路姿に変装して――」

A「そいつは面白い」

B「馬鹿、面白いのはストーリーの方だ。順打ちはA子、逆打ちはB子というように参加する二名仮名のままなんだが、とうとう巡礼の途中、A子に近づいた中年の女性のお遍路さんが射殺されてしまう、という事件が起こってしまうんだ。この殺されたお遍路さんがどこの誰だか、まったくわからない――」

A「普通、お遍路に出るとなれば、何か自分の身分を証明するものを持っていくんじゃないのか?」

B「だからその類のものが一切ないのさ。この作品の面白さは、とにかく予告殺人は実行されたものの、何が起こっているのか、或いは、何が起こりつつあるのかさっぱり分からない、という状況で読者をぐいぐい引っぱっていくところにあるんだ。それが一寸視線を変えると、真相が一気に――」

A「それも借りてく」

B「おいよせ、まだ解説を書いてないんだから」

二〇一七年三月

この作品は2008年3月集英社より刊行されました。
なお、本作品はフィクションであり実在の個人・団体などとは一切関係がありません。

徳間文庫

十津川《とつがわ》警部《けいぶ》 四国《しこく》お遍路《へんろ》殺人《さつじん》ゲーム

2017年4月15日 初刷

著者 西《にし》村《むら》京《きょう》太《た》郎《ろう》

発行者 平野健一

東京都港区芝大門二—二—二〒105—8055

発行所 株式会社徳間書店

電話 編集〇三(五四〇三)四三四九
販売〇四八(四五一)五九六〇

振替 〇〇一四〇—〇—四四三九二

印刷
製本 図書印刷株式会社

ISBN978-4-19-894228-1 (乱丁、落丁本はお取りかえいたします)